schiffbruch

Die Kriegerinnen von Rivenloch

WEITERE BÜCHER VON GLYNNIS CAMPBELL

Die Kriegerinnen von Rivenloch
Schiffbruch (*The Shipwreck*) [Novelle]
Eine gefährliche Braut (*Lady Danger*)
Ein Herz in Fesseln (*Captive Heart*)
Des Ritters Belohnung (*Knight's Prize*)

Die Ritter von de Ware
Das Verlöbnis (*The Handfasting*) [Novelle]
Mein Ritter (*My Champion*)
Mein Krieger (*My Warrior*)
Mein Held (*My Hero*)

Geächtete im Mittelalter
Die Viehdiebin (*The Reiver*) [Novelle]
Ein gefährlicher Kuss (*Danger's Kiss*)
Die Zuflucht der Leidenschaft (*Passion's Exile*)
Die Erlösung des Verlangens (*Desire's Ransom*)

Die schottischen Frauen
Der Verdammte (*The Outcast*) [Novelle]
MacFarlands Frau (*MacFarland's Lass*)
MacAdams Frau (*MacAdam's Lass*)
MacKenzies Frau (*MacKenzie's Lass*)

DANKSAGUNGEN

Ich bedanke mich herzlich bei:
Tore Neve, dem Kapitän des Langschiffs,
Alexander Jacobson für seine Bücher,
Karen Hansen, Anne Sofie Feilberg Hansen,
Hans Feilberg Hansen, Anders Holm,
Inger Holm Hansen, Trine Holm Hansen,
Sia Holm Hansen, Ruth Hansen, Anne Hansen,
Ege Franzen und Anna Marie Sass
für ihr Hygge und ihre Gastfreundschaft

Chris Hemsworth und Scarlett Johansson

WIDMUNG

Für Birthe Hansen,
meine liebe Freundin und Ruderpartnerin
bei dem Wikinger Langschiff Abenteuer

KAPITEL 1

Das Neunte Jahrhundert,
Vor Der Ostküste Des Piktenlandes

as letzte unheilvolle Geräusch, das Brandr hörte,
bevor der eisige Ozean über ihm zusammenschlug
und das Heulen des Sturms ausblendete, war das
tiefe Knacken, als sein Langschiff auseinander brach.

Die Strömung zerrte an seinem Umhang aus Robbenfell
und an seinen Stiefeln und zog ihn nach unten. Aber mit
seinem einen noch brauchbaren Arm schaffte er es, wieder
an die Oberfläche zu gelangen. Er rang nach Luft und keuchte,
als er durch die Wellen stieß, blinzelte das brennende
Salzwasser weg und versuchte, etwas in der unnachgiebig
dunklen Nacht zu sehen. Die Laternen des Schiffs waren
ausgegangen. An der weit entfernten Küste war auch kein
Licht zu sehen. Selbst die so zuverlässigen Sterne waren
hinter den Gewitterwolken verborgen.

„Erik!", brüllte er. „Erik! Gunnarr! Haral—"

Ein großer Schluck Meerwasser erstickte seine Rufe. Er versuchte, sich in der lähmenden Kälte über Wasser zu halten, drehte sich und lauschte, ob er seine Kameraden hören könnte. Aber er hörte nur das Heulen des Windes, das Rollen des Meeres und das Zerbersten von Holz, als sein Schiff gegen die Felsen geschleudert wurde.

Ein Blitz teilte den Himmel und hatte die Zick-Zack-Form von Thors Rachespeer, der herabfuhr, um das Holz des Masts zu schwärzen. Bevor Brandr sich darüber Gedanken machen konnte, was er getan hatte, um den Gott zu beleidigen, donnerte es und das obere Ende des Masts zerbarst und schlug Funken und setzte das Segel in Brand. Einen Augenblick lang sah es aus, als wenn der Drachen, der auf das Segeltuch gemalt war, Funken sprühen würde.

Beim Licht des brennenden Segels konnte Brandr das Ausmaß des Schadens an seinem Schiff sehen. Der Rumpf war zerbrochen. Seile schlugen wild in dem heulenden Wind. Kisten und Ruder rutschten in das Meer. Und seine Mannschaft ...

Vor Kälte und vor Schmerz zitternd und im Kampf mit den Wellen rief er und versuchte den Sturm zu übertönen, bis er heiser war. Er fand vier seiner Männer. Sie waren tot.

Dann regnete es endlich und das Feuer auf dem Wrack wurde gelöscht. Brandr war vom Sturm besiegt, vom Verlust am Boden zerstört und zu erschöpft, als dass es ihm etwas ausgemacht hätte, was mit ihm passierte. Mit letzter Kraft kletterte er auf den zersplitterten Bug seines Schiffes und ergab sich der Laune der Götter.

Der Tod verfolgte ihn. Er hatte bereits seine Frau und seine Kinder geholt. Jetzt waren seine Männer dran gewesen.

Schon bald würde er ihn holen. Und was Brandr betraf, konnte er ihn gerne haben.

„Bleib in der Nähe!", rief Avril Kimbery hinterher, als die Vierjährige über den nassen Sand lief. Ihre unerschrockene Tochter besaß eine unersättliche Neugier, eine unheilbare Wanderlust und einen sturen Willen, so dass sie für die Warnungen ihrer Mutter taub war.

Nicht, dass man sie wegen irgendwelcher Gefahren hätte warnen müssen. Hier am Meer lebten sie sehr abgeschieden. Niemand würde zufällig ihre Steinkate oder ihren Strandabschnitt entdecken. Ihr Exil an der Ostküste war entlegen und isoliert und weit genug von ihrem Familiensitz Rivenloch entfernt, dass ihre Brüder, die ihn ihr gestohlen hatten, zufrieden sein konnten.

In der Ferne quiekte Kimbery, während sie sich über irgendeinen Schatz am Wasserrand bückte - wahrscheinlich eine hübsche Muschel oder ein Seestern, der im Sturm letzte Nacht angeschwemmt worden war. Avril zog die Schuhe aus und hob ihren Korb hoch. Mit ein bisschen Glück hatte der Sturm etwas essbares aus dem Meer angeschwemmt.

Die Brüder, die sie verbannt hatten, hatten wahrscheinlich erwartet, dass sie und ihr „Bastard Wikinger Kind", wie sie Kimbery nannten, verhungern würden. Ihr Tod wäre ihnen sehr gelegen gewesen.

Aber Avril hatte ihnen den Gefallen nicht getan.

Sie war so stur wie ihre Tochter und hatte sich hartnäckig gehalten und sich geweigert zu sterben. Es war nicht möglich, auf dem Land Feldfrüchte anzubauen, aber sie hatte sich angepasst.

Sie hatte gelernt zu fischen, nach Venusmuscheln zu graben, Miesmuscheln vom Felsen zu kratzen, Kaninchen zu fangen und die Nester von Möwen auszurauben und sie konnte einen Eintopf aus Algen und Austern kochen. Sie hatte eine silberne Brosche bei ihrem nächsten Nachbarn gegen ein Schaf eingetauscht, das er nicht mehr brauchte und daher hatten sie Milch, Butter, Käse und Wolle für Kleidung. Nicht weit von der Kate mündete ein Bach in das Meer und dort fand sie ausreichend Frischwasser zum Trinken und Waschen und Forellen fürs Abendessen.

Aber es war alles nicht einfach. Wenn das Wetter so rau war wie letzte Nacht und der Ozean rollte und seinen Inhalt auf den Strand spülte, betrachtete Avril dies als Geschenk vom Meer. Vielleicht fand sie noch ein paar gestrandete Fische, welche die Möwen noch nicht angeknabbert hatten, ein ordentliches Stück Seetang, eine nützliche Muschel oder vielleicht sogar ein Werkzeug oder ein Stück Schnur, das ein Fischerboot verloren hatte.

Kimbery war natürlich überzeugt, dass sie die Juwelen einer Seejungfrau oder den Dreizack von Poseidon oder einen Otter finden würde, den sie als Haustier halten könnte. Sie hatte gelernt, Blitz und Donner zu wertschätzen, da dies die Vorboten einer Schatzsuche am Strand waren.

Das kleine Mädchen wusste es ja nicht anders. Aber Avril war es sehr wohl bewusst, wie falsch ihr Leben des Zusammenkratzens und des Plünderns war. Wenn sie zu sehr darüber nachdachte, was ihr alles genommen worden war – ihre Jungfräulichkeit, ihr Land, eine richtige Familie, Spielgefährten für ihre Tochter und die Tatsache, dass sie von Geburt an dazu erzogen worden war, einen großen Haushalt zu führen statt in einer winzigen Hütte zu leben- erfüllten diese Gedanken sie mit einem andauernden Zorn und unstillbaren Durst nach Rache.

Aber sie konnte nichts tun. Einfallende Nordmänner hatten sie geschwängert und ihren Vater getötet. Und als er tot war, hatten ihre Brüder, die eifersüchtig auf ihre Stellung als Liebling ihres Vaters gewesen waren, erklärt, dass Avril als rechtmäßige Erbin nicht in der Lage war, Rivenloch zu führen. All die Jahre, die ihr Vater damit verbracht hatte, sie zu lehren, dass sie seine Nachfolge antreten könnte – sie im Recht und im Umgang mit dem Schwert geschult und sie erzogen hatte, eine gerechte und ehrliche Anführerin zu werden – waren verschwendet worden. Sie wurde mit ihrer Tochter und den wenigen Habseligkeiten, die sie tragen konnte, ins Exil geschickt. Und niemand in Rivenloch hatte den Mut gehabt, sich ihren diebischen Brüdern zu stellen und sie zu verteidigen.

Und doch verging nicht ein Tag, an dem sie nicht darüber nachdachte, dass sie eines Tages alles zurückgewinnen würde. Nur die Sorge um das Wohlergehen ihrer Tochter hielt Avril davon ab, ihr Schwert zu nehmen und kühn durch die Tore von Rivenloch zu marschieren und die Rückgabe ihrer Burg einzufordern.

„Mama!", rief Kimbery, legte ein Stück dunklen Seetang über ihre blonden Locken und hüpfte entlang der Schaumlinie am Strand. „Ich bin ein Selkie!"

Sie lächelte. Sie überlegte oft, ob Kimbery, die das Meer liebte, vielleicht wirklich zur Hälfte eine Robbe war. Der Erfinderreichtum des kleinen Mädchens hielt ihre eigene Bitterkeit in Schach und ließ sie weiter ums Überleben kämpfen.

Manchmal dachte Avril, dass es das Beste war, was ihr jemals passiert war, dass sie von einem Berserker der Wikinger geschwängert worden war.

Sie blickte auf die Gezeitentümpel auf den Felsen und suchte nach Strandschnecken, wobei sie gelegentlich hochschaute, um sicherzugehen, dass Kimbery nicht zu weit vorauslief. Das kleine Mädchen hatte einen gesunden Respekt vor dem Meer, aber die Gezeiten konnten unvorhersehbar und gnadenlos sein.

Heute war die Luft ruhig und der Himmel wolkenverhangen, aber die Beweise des Sturms übersäten den Strand. Avril hob ein Stück Treibholz auf und stocherte an einem Klumpen Seetang herum. An einem der Stränge hing eine fette Meeresschnecke und sie würde ein gutes Abendessen abgeben. Sie schnitt sie ab und steckte sie in ihren Korb. Außerdem hing in dem Seetang auch ein kleiner lilafarbener Seestern mit sechs Zacken. Auch wenn er nicht essbar war, legte sie ihn in den Korb, damit sie ihn Kimbery zeigen könnte, weil sie wusste, dass ihr die Farbe gefallen würde. Näher am Wasser fand sie ein paar Krabben, aber die Vögel hatten sie bereits aus ihren Schalen gepickt.

Sie blickte hoch. Kimbery hockte neben einer winzigen Krabbe auf dem Sand und als eine Welle darüber schwappte, kreischte das Mädchen und sprang hoch, rannte und kicherte, während der Ozean ihr hinterherjagte.

Avril schmunzelte noch, als sie etwas an dem felsigen Vorsprung schwimmen sah. Es sah aus wie ein ordentliches Stück Holz, vielleicht eine Kiste oder Teil eines Karrens, etwas, was sich vielleicht als nützlich erweisen würde. Während sie sich langsam zu der Stelle vorarbeitete,

sammelte sie noch ein paar Muscheln für den Eintopf und die Schale einer Riesenmuschel, die sie als Schüssel verwenden könnte.

„Mama!"

Avril kniff die Augen zusammen und schaute zu dem Holz, das im Wasser schwamm. Was war das? Auch wenn ein Ende zerborsten zu sein schien, waren die anderen Seiten in Ordnung. Vielleicht war es eine zerbrochene Kiste oder ein Tisch.

„Mama! Schau, was ich gefunden habe!"

„Gleich!", rief sie zurück und betrachtete das Stück, das von der Strömung hin und her geworfen wurde.

„Mama! Es ist mein Vater!"

Damit gewann sie ihre Aufmerksamkeit. Avril wandte sich um und blickte entlang des Ufers zu der Stelle, wo Kimbery neben einem Klumpen mit Fell auf dem Sand kniete.

Er sah aus wie eine tote Robbe.

„Schau, Mama."

Natürlich war Avril klar, wenn Kimbery vorgab, ein Selkie zu sein, musste eine tote Robbe ihr Vater sein. Das Mädchen hatte eine lebhafte Fantasie. „Ich höre dich doch!" Eine Robbe war in der Tat ein guter Fund. Wenn sie erst vor kurzem gestorben war, würde ihr Fleisch ihnen über einen längeren Zeitraum den Bauch füllen. Und aus ihrem Fell könnte sie Mäntel und Schuhe machen. „Ich bin gleich da! Fass' sie nicht an!"

Noch ein paar Meter und dann könnte sie genau sehen, was dort im Wasser schwamm. Wenn es sich nicht lohnte, würde sie es sein lassen und schauen, was bei der toten Robbe zu holen war.

Eine Welle erwischte das Holz und drehte es auf die Seite. Als sie das Muster sah, rutschte ihr das Herz in die Hose. Ein großer runder Knopf ragte aus dem Wasser. Auf seiner Oberfläche war das Gesicht eines zähnefletschenden Drachens in rot und blau gemalt. Es war die Mastspitze eines Langschiffs.

Die Zeit verlangsamte sich und sie senkte ihren Kopf und wandte sich zu Kimbery.

„Nay!", schrie sie.

Sie hob ihre Röcke und versuchte über den Strand zu rennen, aber plötzlich fühlte sich die Luft schwer an und der Sand zog an ihren Fersen. Kimbery erschien unmöglich weit weg und viel zu nah an dem Körper, der wie Avril jetzt erkannte, keine tote Robbe war, sondern die Überreste eines Mannes.

Die blutigen Bilder des Berserker Angriffs waren so klar und frisch in ihrem Kopf wie an jenem Tag vor fünf Jahren ...

Riesige Männer mit großen Augen und Äxten waren durch die Tore von Rivenloch gedrungen und hatten brüllend und mit Schaum vor dem Mund alles zerschlagen, was in ihrem Weg war, Geschirr, Möbel, Körper ...

Das Fiepen der Hunde hatte augenblicklich aufgehört, als ihre Kehlen durchgeschnitten wurden.

Der Vogt fiel um, als seine Beine unter ihm abgeschnitten wurden.

Eine kreischende Dienerin, die ihren Arm verlor ...

Ein fliehendes Kind, in dessen Rücken eine Axt steckte, während ein anderes unter schweren Stiefeln zu Tode getrampelt wurde ...

Ein junges Mädchen, das vor Angst erstarrt war, mitgenommen und nie wieder gesehen wurde ...

Es passierte wieder. Die Nordmänner waren zurückgekommen. Avril fiel auf ein Knie.

Dann schaute sie zu Kimbery, die immer noch einige Meter entfernt war und fluchte. Sie würde es nicht zulassen, dass die Mistkerle ihre Tochter bekamen. Sie war nicht mehr das unschuldige Mädchen von vor fünf Jahren, das vergewaltigt wurde. Dieses Mal war sie vorbereitet. Entschlossen biss sie die Zähne zusammen, kam wieder auf die Füße und eilte über den Sand.

Endlich erreichte sie Kimbery, nahm sie in die Arme und hielt sie so fest, dass das kleine Mädchen sich kreischend beschwerte.

„Pssst!" Sie wandte sich um und suchte das Ufer ab. Das Langschiff musste in dem Sturm untergegangen sein. Aber was war aus seiner Mannschaft geworden? Wo waren die Kameraden des toten Mannes?

Alles schien normal und ungestört. Die Wellen schwappten an den Strand und hinterließen Schaumkronen. Möwen kreisten über ihnen. Krebse eilten über die Felsen. Keine fremden Fußspuren verunstalteten den unberührten Sand.

„Mama", winselte Kimbery ungeduldig. „Lass mich runter."

„Psst." Avril blickte noch einmal über den Strand. Die Wikinger waren zurückgekommen. Der Ursprung des geschnitzten Drachenkopfes war unverwechselbar. Aber sie waren jetzt nicht hier. Entweder waren sie um ihre Kate herum gegangen und waren schon weiter landeinwärts marschiert oder ihre toten Körper würden bald ans Ufer geschwemmt werden. Aber zumindest für den Augenblick schien es, dass sie und Kimbery in Sicherheit waren.

„Maaamaaa", winselte Kimbery.

Sie ließ Kimbery auf den Boden gleiten. Das Mädchen hüpfte sofort hinüber zu dem toten Mann.

„Rühr ihn nicht an", wiederholte Avril.

Kimbery hockte sich ein paar Fuß weg von ihm hin, legte ihre Ellbogen auf ihre Knie und ihr Kinn in ihre Hände und schaute ihm neugierig ins Gesicht. „Ist das mein Vater?"

„Nay!", antwortete Avril ein wenig zu heftig, obwohl sie sehen konnte, warum das Mädchen das glaubte. Das Gesicht des Mannes war hinter Strähnen von langem blondem Haar in der gleichen Farbe wie Kimberys verborgen. Er trug einen Umhang aus Robbenfell und seine Robbenfellstiefel sahen aus wie ihre. Aber damit hörte die Ähnlichkeit auch schon auf. Er war ein Riese und einen Kopf größer als jeder Mann, den sie kannte. Er hatte breite Schultern und riesige Füße. An einem Handgelenk trug er ein silbernes Armband mit einem Drachenmuster und um seinen Hals hing ein Hammer aus Silber mit fremden Zeichen, die darauf eingraviert waren, an einem Lederband.

Gott sei Dank war er tot. Seine Sorte – die Eindringlinge aus dem Norden – waren blutrünstige, böse und rücksichtslose Mörder.

Sie erschauderte. Trotz all des Silbers, hatte sie nicht das Verlangen, die Leiche zu plündern. Sie wollte überhaupt keinen Wikinger anrühren. Sie runzelte die Stirn vor Abneigung. Was sollte sie mit der Leiche machen? Sie wollte nicht, dass sie an ihrem Strand verrottete. Sie würde sie wohl vergraben müssen. Schade, dass es keine angeschwemmte Robbe war. Das Fleisch hätte sie durch den Winter gebracht.

Kimbery, die Avrils Anweisungen ignorierte, hob ein Stück Treibholz auf und fing an den Mann an seiner blutigen Schulter anzustupsen. Avril schüttelte den Kopf. Das Mädchen missachtete ihre Anweisungen zwar nicht offen, weil sie den Mann ja nicht berührte, aber mit ihren vier Jahren hatte sie die ärgerliche Angewohnheit, die Regeln so auszulegen, wie es ihr gefiel.

„Wacht auf!", schrie das Mädchen in sein nicht reagierendes Gesicht.

„Er ist tot, Kimmie."

„Nay, ist er nicht."

„Aye, ist er doch", sagte sie, obwohl Kimberys Geschrei einen Toten zum Leben erweckt hätte.

Kimbery schmollte und stupste ihn wieder an.

Avril hob eine Augenbraue. Vielleicht könnte sie *ihn* zum Abendessen kochen. An ihm waren wahrscheinlich ein paar Pfund Muskelfleisch.

Aber Wikinger Fleisch war wahrscheinlich zäh und schmeckte widerwärtig.

„Wacht! Auf!" Kimbery betonte jedes Wort mit einem festen Stoß mit dem Treibholz.

„Kimbery, lass den armen ..."

Und dann stöhnte er.

Avril erstarrte. Verflucht. Kimbery hatte Recht. Er war nicht tot.

„Schau, Mama. Ich habe dir gesagt, dass er ..."

Sie riss das Mädchen so schnell hoch, dass sein Kopf nach hinten fiel.

Der Mann stöhnte erneut. Avril riss Kimbery das Stück Treibholz aus der Hand und hielt es vor sich wie eine Waffe.

Dann begann Kimbery zu weinen und das weckte den Mann.

„Pssst!" Avril setzte das Mädchen auf ihre linke Hüfte und hoffte vergeblich, es zu beruhigen. Verdammt! Was würde sie tun, wenn der Mann das Bewusstsein wiedererlangte? Sie wünschte, dass sie ihr Schwert mitgenommen hätte. Er würde ihr das Treibholz so leicht wie einen Halm Stroh aus der Hand schlagen.

Sie könnte weglaufen. Wenn sie sich beeilte, könnte sie es mit Kimbery zurück zur Kate schaffen, bevor der Mann auf die Füße kam. Aber das würde das ganze nur verzögern. Schließlich würde er kommen und ihre Tür mit einem Schlag seiner übergroßen Faust kaputtschlagen.

Kimbery war wütend, dass sie aufgehalten wurde und verstand offensichtlich nicht die Gefahr. Sie löste sich aus Avrils Griff, als der Mann die Augen öffnete.

„Lauf!", schrie sie Kimbery zu, die bereits wütend in Richtung Kate lief.

Avril wandte sich wieder dem Mann zu. Sie erhaschte nur einen flüchtigen Blick auf seine eisblauen Augen, bevor sie das Treibholz schwang und ihm so fest auf den Kopf schlug wie sie konnte.

KAPITEL 2

vril war froh, dass Kimbery nicht gesehen hatte, wie ihre Mutter auf einen hilflosen Schiffbrüchigen eingeschlagen hatte.

Sie zuckte zusammen, als sie mit dem spitzen Ende des Treibholzes vorsichtig das Haar des bewusstlosen Mannes beiseite strich. Er blutete an der Schläfe, wo sie ihn geschlagen hatte, aber sein Puls schlug kräftig an seinem Hals.

Gott sei Dank, hatte sie ihn nicht umgebracht. Fürwahr, die Nordmänner waren entartet, hinterhältig und böse, aber einen unbewaffneten Mann zu töten widersprach allem, was ihr Vater sie über Ehre gelehrt hatte.

Was sollte sie jetzt mit ihm machen? Er könnte jeden Augenblick wieder aufwachen. Sie konnte nicht weiter auf ihn einschlagen. Aber sie musste ihn in Schach halten. Und sie musste ihn außer Sichtweite schaffen.

Sie wollte ihn nicht wirklich in ihrem Heim haben, hatte aber keine andere Wahl. Sie konnte sich nicht leisten, dass er frei umherirrte. Zumindest hätte sie ihn in der Kate unter Kontrolle.

Sie ließ das Treibholz fallen, löste einen langen Strang Seetang, der sich an seinem Stiefel verfangen hatte und wickelte diesen mehrere Male um seine Knöchel. Dann wickelte sie einen weiteren dicken Strang um seine Handgelenke und bemerkte, dass sein linker Unterarm verletzt und geschwollen war.

Sie schaute finster. Es sah aus, als hätte er sich den Arm gebrochen. Dann erinnerte sich sie sich, dass er der Feind war und es ihr nichts ausmachte, wenn er sich den Arm gebrochen hatte. Sie hoffte nur, dass die Fesseln halten würden, bis sie die Kate erreichten und dann würde sie ihn dort mit etwas festerem fesseln.

Es war schwerer als erwartet, ihn an den Knöcheln vom Strand zu ziehen. Seine Beine waren wie Blei und mit seiner nassen Kleidung war er so schwer wie ein Walross. Mit jedem Schritt rückwärts zog der nasse Sand an ihren Füßen und behinderte ihren Fortschritt.

Auf halbem Weg hielt sie an, um sich auszuruhen. Kimbery war nun in Sicherheit. Sie hatte die Tür hinter sich zugeschlagen und Avril hörte das gedämpfte Weinen, das aus dem Inneren der Kate kam.

Während sie wieder zu Atem kam, wischte Avril sich den Schweiß von ihrer Stirn und nahm sich einen Moment Zeit, um ihren Gefangenen zu mustern. Ein dünner Bart bedeckte sein Kinn, aber er sah erheblich jünger aus als der Wilde, der sie vor fünf Jahren vergewaltigt hatte. Er sah sogar recht gut aus. Seine Haut war von der Sonne gebräunt und voller Salz vom Meer, aber er hatte keine tiefen Falten. Seine Nase war gerade, seine Wangenknochen unversehrt und seine Stirn war markant. Obwohl ihn seine Größe

schon enttarnte, bestätigte das Hellblau seiner Augen, dass er ein Nordmann war.

Sie atmete tief durch und blickte auf das Meer. In der Ferne sah sie, dass Abfall auf den Wellen schwamm und in Richtung Küste geschwemmt wurde. Schon bald würden die Reste seines Schiffs zusammen mit den zerbrochenen Rudern und Teilen der Takelage und die Wasserleichen seiner Mannschaft an Land geschwemmt werden, dachte sie erschaudernd.

Brandr brauchte seine ganze Willenskraft, sich tot zu stellen. Er konnte immer noch nicht glauben, dass die junge Frau mit dem lieblichen Gesicht mit Treibholz auf ihn eingeschlagen hatte. Aber er wollte nicht, dass sie ihn erneut schlug, nicht solange er nicht die Kraft besaß, gegen sie zu kämpfen. Also verhielt er sich ruhig, als sie anfing, ihn über den Sand zu ziehen.

Sein Kopf pochte, wo sie ihn geschlagen hatte, seine Muskeln schmerzten und der tiefe, dumpfe Schmerz in seinem linken Unterarm sagte ihm, dass er ihn wahrscheinlich gebrochen hatte.

Aber sein Herz schmerzte immer noch am meisten. Im vergangenen Jahr hatte er alles verloren: Seine Frau, seine Kinder, sein Schiff und seine Männer. Es musste ein grausamer Trick der Götter sein, dass sie ihn am Leben erhielten, um solche Qualen auszuhalten.

Nach einer Weile ließ die Frau, die von ihrer Anstrengung schwer keuchte, seine Füße auf den Sand fallen und hielt an, um zu Atem zu kommen. Selbst mit geschlossenen Augen spürte er ihren Blick, als würde die Sonne auf ihn brennen.

Was hatte sie vor? Offensichtlich wollte sie ihn nicht töten. Sonst wäre er schon tot. Er glaubte, dass er sich irgendwo entlang der piktischen Küste befand, obwohl er sich nicht sicher war, wo oder wie er an den Strand gekommen war. Bis er wusste, wo er war und seine Kraft wiedergewonnen hatte, war es besser für ihn, Bewusstlosigkeit vorzutäuschen.

Das war eine wirklich große Herausforderung, als die Frau ihn weiter über einen Steinweg und die Schwelle einer Kate zog und dabei seine Rippen stauchte und seinen Schädel auf die Steine schlagen ließ.

Zumindest war es drinnen warm. Er dachte, dass seine Knochen niemals wieder auftauen würden. Er hörte das tröstliche Knistern eines Feuers und roch Eintopf, der vor sich hin köchelte. Dann hörte er etwas, das an seiner Erinnerung zerrte – das leise Weinen eines Kindes.

Ungebeten erschienen die Gesichter von Sten und Asta vor seinem inneren Auge und ein unerträglicher Schmerz überkam ihn, als ihm klar wurde, dass er seine Kinder und seine Frau Inga nie wiedersehen würde. Als er mit seinen Brüdern Ragnarr und Halfdan zu einem Raubzug aufgebrochen war, hatte er sie das letzte Mal lebend gesehen. Als er zurückkam, war seine Familie schon seit zwei Monaten tot und eine Krankheit, die im ganzen Dorf wütete, hatte sie ihm gestohlen. Die Familien seiner Brüder erlagen der Krankheit ebenfalls und obwohl sie es niemals sagten, war er sicher, dass sie bereuten, dass sie ihn bei seinem letzten Raubzug begleitet hatten.

„Psst, Kimmie, es ist schon gut", murmelte die Frau in

piktischer Sprache. Das war eine Sprache, die Brandr als Junge von den Sklaven gelernt hatte, die sein Vater mit nach Hause gebracht hatte.

„Du hast mir wehgetan", schluchzte das kleine Mädchen.

„Ich wollte dir nicht wehtun, Kleines", antwortete die Frau. „Aber ich bin sehr stolz auf dich, dass du nach Hause gelaufen bist. Du hast genau das Richtige gemacht. Du warst sehr mutig. Und du bist sehr schnell gerannt."

Der Schmerz in Brandrs Brust vertiefte sich. Die Frau sprach zwar eine andere Sprache, aber ihre mütterliche Stimme erinnerte ihn an seine liebste Inga.

Das kleine Mädchen kam näher und sie hatte einen Schluckauf vom Weinen. „Wird mein ... mein Vater ... jetzt bei uns wohnen?"

„Er ist nicht dein Vater."

„Er ist es doch."

„Nay."

„Aye."

„Nay, er ist es nicht", antwortete die Mutter gereizt und fing an, die Fesseln um seine Knöchel durchzuschneiden. „Warum sagst du das dauernd?"

„Er ist mein Vater. Er ist es", beharrte das kleine Mädchen und fing wieder an zu weinen.

„Kimmie, ich habe es dir schon hundertmal gesagt. Dein Vater ist tot."

„Das hast du auch von *ihm* behauptet." Brandr stellte sich vor, wie das kleine Mädchen einen Schmollmund zog wie Asta es immer getan hatte, wenn sie überzeugt war, dass sie Recht hatte.

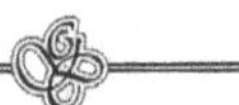

Der Frau fiel keine passende Antwort ein und sie änderte das Thema. „Schau mal in der Kiste neben dem Bett und sieh, ob du Finns Leine finden kannst."

Leine. Leine? Das verhieß nichts Gutes. Was hatte sie vor?

Er fand es erst heraus, als es zu spät war. Als sie begann, die Seetang Fesseln um seine Handgelenke durchzuschneiden, zog sie an seinem gebrochenen Arm und der Schmerz war so schlimm, dass er ohnmächtig wurde.

Als Brandr wieder zu sich kam, hatte er ein Lederband um den Hals, das durch einen Eisenring an der Wand gezogen worden war. Sein Robbenfellumhang war nicht da und er musste in seiner Jacke, Hose und seinen Stiefeln sitzen. Seine gefesselten Beine reichten fast bis zur Feuerstelle und seine Arme waren mit einem Seil an seinen Körper gebunden und seine Handgelenke vor ihm gefesselt.

Zorn stieg in ihm auf. Bei Thor! Er war gekommen, um zu erobern, und nicht, um erobert zu werden. Wie war es dazu gekommen, dass er jetzt ein Gefangener war, noch dazu der Gefangene einer Frau?

Während sein Zorn in ihm kochte, betrachtete er das Zimmer mit zusammen gekniffenen Augen. Sein Umhang hing an einem Haken in der Nähe des Feuers. Und seine Fänger aßen an einem Tisch auf der anderen Seite des Raums zu Abend, wobei ihnen nicht bewusst war, dass er wach war.

Er konnte jetzt sehen, warum das kleine Mädchen dachte, er sei ihr Vater. Sie hatten beide blonde Haare. Das Mädchen war jünger als seine Tochter, aber in ihrem sandfarbenen Kleid und mit ihren nackten Füßen erinnerte sie ihn an Asta.

Auch wenn er es nur ungern zugab, aber die Mutter war atemberaubend. Ihr Haar hatte die berauschende Farbe von goldenem Met gemischt mit tiefroten Wein und es hing ihr in dichten Wellen über den Rücken und ihre Haut war so golden und strahlend wie eine Flamme. Sie hatte ein feingeschnittenes Gesicht mit großzügigen Lippen und wohlgeformten Augenbrauen und ihr engsitzendes, verblasstes blaues Kleid offenbarte erfreuliche weibliche Kurven.

Aber dies war die gleiche schöne Verführerin, die ihn geschlagen, nach Hause gezogen und wie einen Hund festgebunden hatte. Er würde sich von ihrem hübschen Gesicht nicht täuschen lassen.

Er betrachtete die Steinkate, die sehr ordentlich und einladend war. Die seltsamen Möbel schienen fast alle aus Strandgut gefertigt zu sein. Verschiedene Stücke Treibholz waren zu Hockern zusammengesetzt worden und Kerzen steckten in Halterungen aus Muschelschalen. Ein Fischernetz, das an einer Wand befestigt war, beinhaltete Kämme, die aus Meeresschneckenhäusern geschnitzt waren und auf einem aus einem Ruder gebauten Regal standen verschiedene Schüsseln und Teller aus den Schalen von Riesenmuscheln. Eine Angelrute und ein Netz lehnten an der Feuerstelle. Aber der Gegenstand in der Ecke interessierte ihn am meisten.

Dort stand das prächtige Schwert eines Edelmannes. Der Knauf war mit Edelsteinen besetzt und der Griff mit Leder umwickelt und die Klinge war mit einem Muster aus verwobenen, komplizierten Knoten verziert. Das Schwert sah sehr gepflegt aus. Der Stahl war poliert und die Kante scharf. Er überlegte, wo der Mann war, dem die Waffe gehörte.

„Mama", sagte das kleine Mädchen und nahm ihre Schale in die Hand, „mein Vater möchte auch etwas."

„Er ist nicht dein Vater, Kimmie und er ist noch nicht einmal ... wach" Sie keuchte, als sie zu ihm blickte.

Es war zu spät, Schlaf vorzutäuschen.

Plötzlich stand sie auf, wobei sie ihren Hocker umstieß.

„Er ist hungrig, Mama."

Brandr schluckte und sein Hals machte ein schnalzendes Geräusch dabei. Er hatte keinen Hunger, aber er hatte furchtbaren Durst.

Das kleine Mädchen ging mit ihrer Schüssel auf ihn zu, aber ihre Mutter zog sie zurück.

„Hör mir zu", sagte sie streng. „Er ist *nicht* dein Vater. Er ist ein böser Mann, ein *sehr* böser Mann. Versprich mir, dass du nicht in seine Nähe gehst."

„Aber ..."

„Versprich es mir, Kimbery."

Kimbery seufzte unglücklich und stellte ihre Schale wieder auf den Tisch. „Ich verspreche es."

Ein sehr böser Mann. Brandr nahm an, dass er das war. Schließlich hätte ein guter Mann niemals seine Frau und seine Kinder verlassen, um auf einen Raubzug zu gehen.

Avril stellte den umgefallenen Hocker wieder hin. Dann nahm sie Kimbery und setzte sie darauf. „Du bleibst hier sitzen."

Sie richtete sich auf und atmete tief durch. Der Nordmann sah nun, da er wach war, viel furchteinflößender aus. Sie hatte schon beschlossen, dass er erstaunlich gut aussah, aber sein finsterer Blick ließ ihn auch gefährlich aussehen. Sie blickte zu dem Hundehalsband und der Leine und hoffte, dass diese halten würden. Sie hatte gereicht, ihren großen Wolfshund Finn an der Leine zu halten, bis er letztes Jahr starb. Aber der Mann war wahrscheinlich dreimal so schwer wie der Hund. Und als sie ihm den Umhang abgenommen hatte, sah sie, dass er nur aus Muskeln und Knochen bestand. Sie zitterte bei dem Gedanken an all diese männliche Kraft.

Aber ihr Vater hatte sie gelehrt, dass man niemals Angst vor dem Feind zeigte. Also hob sie ihr Kinn und blickte ihn streng an. „Ihr! Könnt Ihr mich verstehen?"

Er blickte sie durch seine Haarsträhnen finster an, antwortete aber nicht.

„Euer Schiff." Sie schlug eine Faust in ihrer Handfläche und streckte die Finger dann nach außen, um einen Zusammenstoß anzuzeigen. „Wie viele Männer waren an Bord?"

Er blickte sie weiterhin finster an.

Sie zählte an ihren Fingern. „Wie viele?"

Er konnte sie verstehen. Sie wusste, dass er das konnte. Zum Teufel, sogar Kimbery konnte verstehen, nach was sie fragte. Aber er weigerte sich stur zu antworten.

Sie kniff die Augen zusammen. „Verdammter Wikinger", höhnte sie und wusste, dass das ein Wort war, was er sicherlich erkennen würde.

Sein Mund verzog sich langsam zu einem grimmigen Lächeln.

Ihr lief es kalt über den Rücken, aber sie weigerte sich, sich von ihm ängstigen zu lassen. Der Mann war schließlich an die Wand gekettet. Sie hatte die Oberhand. Er war ihr ausgeliefert. Sie war in Kontrolle. Sie war ausgebildet, zu führen und sie wusste, wie sie diese Rolle auszuüben hatte. Wenn er sie nur nicht dauernd mit diesem bohrenden Blick aus seinen blauen Augen anstarren würde.

Sie nahm den Schürhaken. Er fühlte sich gut wie eine Waffe in ihrer Hand an. „Ich kenne Eure Sorte", erzählte sie ihm und schlug den Haken als Drohung an ihre Handfläche. „Ihr seid nicht der erste Wikinger, den ich treffe."

Sein Blick fiel auf Kimbery, als würde er sie perfekt verstehen und ihre ganze elende Geschichte erahnen. Avrils Nasenflügel flatterten und sie errötete. Sie beugte sich vor außer Hörweite von Kimbery und zischte leise. „Das stimmt. Nachdem Ihr die Hälfte meiner Leute - Männer, Frauen und Kinder - abgeschlachtet hattet, hat einer von euch mich vergewaltigt und mich mit einem Baby zurückgelassen." Sie leckte sich die Lippen und erfand ein befriedigenderes Ende für die Geschichte. „Als ich mit ihm fertig war, war er nicht mehr in der Lage, weitere Babys zu zeugen."

Eine lange Stille folgte und er starrte sie mit ausdruckslosem Gesicht an. Sie beschloss, dass er sie wahrscheinlich doch nicht verstehen konnte.

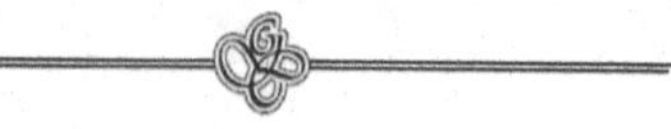

Sie trat zurück und stocherte in den Kohlen im Kamin herum. „Was für ein Pech für Euch, Wikinger", sagte sie mit einem selbstzufriedenen Grinsen. „Ihr kommt, um in mein Land einzudringen und erleidet Schiffbruch an meinem Strand. Vielleicht ist das eine Lehre für euch Wilde, dort zu bleiben, wo ihr hingehört."

Brandr runzelte die Stirn. Wo er hingehörte. Er gehörte nirgendwohin. Er hatte kein Zuhause mehr. Der Ort, den er einst Zuhause genannt hatte, war voller schmerzlicher Erinnerungen und er wollte nicht dorthin zurückkehren.

War er gekommen, um in ihr Land einzudringen? Aye. Hatte er es plündern wollen? Absolut. Aber er war auch gekommen, um sich hier niederzulassen und nicht, um Krieg zu führen. Er wollte nur töten, wenn es sich nicht vermeiden ließ. Er war kein Wilder. Natürlich hatte er schon früher Sklaven gefangen. Aber keiner seiner Männer hatte seine Waffen ohne guten Grund benutzt. Und keiner würde jemals eine Frau gegen ihren Willen nehmen.

Die Wikinger, die vorher dagewesen waren, mussten Berserker gewesen sein. Diese Männer aßen seltsame Pilze, die sie verrückt und grausam machten und dazu trieben, alles in ihrem Weg zu zerstören. Für Brandr waren sie schlimmer als wilde Tiere.

„Ich nehme an, dass Eure Kameraden schon bald an die Küste geschwemmt werden", überlegte die Frau laut und stellte den Schürhaken zurück. Sie blickte in das Feuer und fügte höhnisch hinzu: „Ich hoffe, ich habe genug Leinen."

Brandr spannte sein Kinn an. Er bezweifelte, dass noch einer seiner Kameraden am Leben war. Niemand hatte den

Sturm überlebt. Die Tatsache, dass er verschont geblieben war, war Beweis genug, dass Loki, der Gott des Schabernacks, noch nicht damit fertig war, ihn zu quälen.

Er wusste nicht, was mit den Schiffen seiner Brüder passiert war. Der Sturm hatte sie auf halbem Weg ihrer Reise erwischt und die drei Schiffe waren schnell voneinander getrennt worden. Selbst wenn Halfdan und Ragnarr es auf wundersame Weise geschafft hatten, durch den Sturm hindurch zu segeln war es unwahrscheinlich, dass sie an der gleichen Stelle der zerklüfteten piktischen Küste ankommen würden.

„Und was soll ich mit Euch in der Zwischenzeit machen?", überlegte die Frau.

Sie musterte ihn gründlich, was normalerweise schmeichelhaft gewesen wäre. Die meisten Frauen schauten Brandr an, als wüssten sie genau, was sie mit ihm tun wollten, aber sie sah aus, als hätte sie nicht die geringste Ahnung.

„Ich könnte Euch den Gesetzeshütern übergeben", murmelte sie. „Wenn Ihr Glück habt, hängen sie Euch schnell."

Er bezweifelte das. Wenn die Berserker hier Chaos angerichtet hatten, würden die Dorfbewohner wahrscheinlich Schlange stehen, um Rache an einem Wikinger zu nehmen, der ihnen gerade zur Verfügung stand. Es würde ihnen Freude machen, ihn in Stücke zu reißen.

„Ich kann Euch nicht hierbehalten", sagte sie zu sich selbst.

Da hatte sie Recht, dachte er und starrte geradeaus, wobei er keine Regung zeigte. Sie konnte ihn verdammt noch mal nicht hierbehalten. Er würde es niemandem erlauben, ihn an einer Leine zu halten und schon gar nicht einem schwachen, piktischen Mädchen.

Die Frau fuhr fort, laut über sein Schicksal nachzudenken, während ihre Tochter hinter ihr sich langsam mit dem Schemel nach vorn bewegte.

„Das letzte, was ich brauche", sagte die Frau, „ist ein drittes Maul zu stopfen."

Ein drittes. Also lebte sie hier allein mit ihrer Tochter. Sein Blick fiel auf das Schwert in der Ecke. Wem gehörte das dann? Vielleicht, dachte er schwermütig, hatte es dem letzten Mann gehört, den sie in ihrer Kate festgebunden hatte.

Das kleine Mädchen hob den Schemel unter sich an, kam ein paar Schritte näher und setzte sich dann wieder.

Die Frau seufzte gereizt. „Ich hätte Euch zurück ins Meer werfen sollen, als ich noch die Gelegenheit dazu hatte."

Das kleine Mädchen starrte konzentriert auf Brandr und kam mit dem Schemel auf Zehenspitzen näher.

„Ich täte Euch wahrscheinlich einen Gefallen, wenn ich Euch tötete", murmelte die Frau, „bevor jemand mit weniger Gnade Euch hier findet."

Das kleine Mädchen ging zwei weitere vorsichtige Schritte vor und setzte sich in Reichweite ihrer Mutter hinter sie und beobachtete ihn ohne Angst.

„Und es wäre nicht weniger, als Ihr verdient habt."

Sie wirbelte herum und stolperte fast über das kleine Mädchen. „Kimbery!" Sie schaute wieder zu ihm, errötete und wandte sich dann um, um sich mit ihrer ungehorsamen Tochter zu befassen. „Ich habe dir gesagt, dass du sitzen bleiben sollst."

„Ich bin sitzen geblieben. Sieh doch." Sie zeigte auf den Schemel unter sich und blinzelte unschuldig.

Die Frau knurrte frustriert. Und dann passierte etwas Seltsames. Das kleine Mädchen lächelte Brandr verschwörerisch an und von ganz alleine verzog sich sein Mund auch zu einem Lächeln. Es war sein erstes aufrichtiges Lächeln seit fast einem Jahr.

„Mama", sagte Kimbery mit lieblicher Stimme, „ich möchte meinen Eintopf nicht. Du kannst ihn meinem Vater geben."

Mit zusammen gebissenen Zähnen sagte die Frau. „Ein für alle Mal, Kimbery, er ist *nicht* ..."

„Deine Mutter hat Recht", warf Brandr ein. „Ich bin nicht dein Vater. Ich bin ein böser Mann, ein sehr böser Mann und du solltest von mir fernbleiben."

Avril blieb der Mund offenstehen. Verfluchter Wikinger! Er sprach ihre Sprache und das bedeutete, dass er sie ganz genau verstehen konnte. „Ihr!", zischte sie genervt und ihr fehlten die Worte. „Ihr ... hört sofort auf, mit meiner Tochter zu sprechen."

Das tat er. Aber trotz seiner Nachgiebigkeit fühlte sie sich plötzlich bedroht. Sie wusste nicht warum. Schließlich war er gefesselt, verletzt und ihr ausgeliefert. Aber, dass er sie hatte täuschen können, machte ihr große Sorgen. Die Tatsache, dass er Kimbery warnte, entsprach nicht ihrer

Einschätzung von ihm als einem verkommenen Killer. Sein Verhalten war zum Teil hinterhältig und zum Teil entwaffnend und definitiv nervtötend. Und sie hasste es, entnervt zu sein.

„Kimmie", sagte sie über ihre Schulter, „geh ins Bett."

„Aber ich bin noch nicht müde."

„Geh ins Bett. Jetzt."

Kimbery zog einen Schmollmund, stand vom Schemel auf und stapfte los, wobei sie leise vor sich hin schimpfte.

Avril brauchte einen Augenblick, um sich zu sammeln, wandte sich dann zu ihm und verschränkte ihre Arme über ihrer Brust. „Ich will jetzt ein paar Antworten und ich will sie ..."

„Zwanzig."

„Was?"

„Zwanzig." Als sie die Stirn runzelte, fügte er hinzu: „Ihr habt gefragt, wieviel Männer auf meinem Schiff waren."

Sie schluckte schwer. Die Berserker waren mindestens doppelt so viele gewesen. Aber zwanzig waren immer noch neunzehn Männer mehr, als sie im Augenblick handhaben konnte.

„Wo wolltet Ihr hin?"

Er zuckte mit den Schultern.

„Wisst Ihr es nicht?" Das glaubte sie nicht. Die Nordmänner waren bekanntermaßen hervorragende Navigatoren.

„Es war mir einerlei."

Seine Worte ließen sie erschaudern. Aber sie nahm an, dass sie das hätte erwarten sollen. Barbaren wie er streiften auf den Meeren herum und richteten Chaos an,

wo sie an Land gingen ohne Rücksicht auf die Zerstörung, die sie zurückließen, die Menschen, die sie töteten und die Leben, die sie zerstörten.

„Ich wette, dass es Euch jetzt etwas ausmacht", sagte sie mit grimmiger Bedrohung in der Stimme. „Wikinger, Ihr habt einen großen Fehler gemacht, dass Ihr an meiner Küste gelandet seid."

Fast unbemerkt hob er zweifelnd seine Augenbraue. Aber Avril erkannte Spott, wenn sie ihn sah. Männer stellten immer ihre Kraft, ihr Urteilsvermögen und ihre Geschicklichkeit mit dem Schwert infrage. Einst hatte sie das erzürnt. Vor fünf Jahren hätte sie vielleicht dem Impuls nachgegeben und ihr Schwert gezogen, um ihm zu zeigen, wie geschickt sie war.

Aber sie hatte gelernt, sich zu beherrschen. Das letzte Mal, als sie impulsiv das Schwert gezogen hatte, war sie anschließend einem Berserker ausgeliefert gewesen. Das sollte ihr nicht wieder passieren. Und welche Befriedigung würde es ihr bringen, wenn sie ihr Schwert gegen einen hilflosen Gefangenen richtete?

Er starrte sie wieder mit seinen eindringlichen Augen an. Sie hatte noch nie so blaue Augen gesehen – so blau wie ein Sommerhimmel oder eher wie das Ei eines Rotkehlchens. Verwirrt wandte sie sich ab, um ein weiteres Stück Holz auf das Feuer zu legen.

„Ich glaube, Euer Arm ist gebrochen", murmelte sie. Sie wusste nicht, warum sie ihm das sagte. Es machte schließlich nichts aus. Sie würde ihn nicht wieder für ihn richten.

„Es ist ein Wunder, dass mein Kopf nicht gebrochen ist", sagte er mit einem humorlosen Grinsen.

Sie errötete bei der Erinnerung an ihre nicht sonderlich ritterlichen Schläge, nahm wieder den Schürhaken und wollte das Thema wechseln. „Woher kennt Ihr meine Sprache?"

„Ich habe sie von einem piktischen Sklaven gelernt."

Sie biss die Zähne zusammen. Ein Sklave? Sie stocherte in den glühenden Kohlen herum, weigerte sich aber, sich von ihm aus der Reserve locken zu lassen. Vielleicht würde sie *ihn* zu einem Sklaven machen.

Als wenn er ihre Gedanken hätte lesen können, fragte er: „Was habt Ihr mit mir vor?"

Sie hatte sich schon den ganzen Morgen die gleiche Frage gestellt. Für den Augenblick würde sie ihn als Geisel halten. Wenn einer seiner Männer lebendig auftauchte, könnte sie sein Leben vielleicht für ihre Sicherheit einsetzen. Aber sie war sich nicht sicher, ob es Überlebende gab. Und selbst wenn, konnte sie nicht wissen, ob er ihnen etwas wert war. Die Nordmänner schienen das Leben nicht so hoch zu schätzen wie ihre Leute es taten.

„Ich habe mich noch nicht entschieden", sagte sie.

„Wenn Ihr mich töten wollt", knurrte er, „bringt es hinter Euch."

Sie runzelte die Stirn. Ihn töten? Kaltblütig? Offensichtlich wusste er nichts über Ritterlichkeit. Stolz richtete sie sich auf und stellte den Schürhaken zwischen ihre Füße wie ein Schwert. „Das kann ich nicht tun. Im Gegensatz zu Euch verbietet mir meine Ehre, unbewaffnete Männer zu töten."

Spöttisch hob er eine Augenbraue. „Dann gebt mir eine Waffe", schlug er vor.

Avril lächelte ihn spöttisch an. Sie war nicht so vermessen, dass sie glaubte, sie könnte über einen riesigen Nordmann triumphieren. Aber ihr gefiel sein beleidigendes Verhalten nicht. „Ich bin zwar ehrbar, aber ich bin nicht weich im Kopf."

Er lächelte. „Für mich seht Ihr weich aus."

Für einen winzigen Augenblick verlor sie die Haltung. „Ich versichere Euch, Ihr wärt nicht der erste Mann, den ich humpelnd vom Schlachtfeld schicke."

Anzüglich kniff er die Augen zusammen. „Und Ihr wärt nicht die erste Frau, die ich flach auf den Rücken lege."

KAPITEL 3

Brandr bereute seine Worte in dem Augenblick, als er sie aussprach. Er hatte vergessen, dass sie ein Vergewaltigungsopfer war.

Sie zuckte zusammen, als hätte er sie geschlagen und erholte sich dann so schnell, dass er dachte, dass er sich ihren Schmerz nur vorgestellt hätte. „Zweifellos", antwortete sie kalt.

Aus irgendeinem absurden Grund wollte er sich plötzlich verteidigen. Er wollte ihr sagen, dass er kein Berserker war. Er hatte noch nie einen Mann ohne Grund getötet. Auch hatte er sich noch nie einer Frau aufgezwungen. Und in seiner Jugend hatte er bei vielen eifrigen Weibern gelegen, wenn diese ihn dazu eingeladen hatten. Und einst hatte er eine zur Frau genommen ...

Und dann schüttelte er im Geiste den Kopf. Was dachte er sich bloß? Es war einerlei, was die Frau von ihm hielt. Sie waren Feinde. Sie beabsichtigte wahrscheinlich, ihn zu töten.

Sie war den Berserkern aus dem Norden ausgesetzt gewesen – die Sorte, die Frauen vergewaltigte, Priester ermordete und Kinder abschlachtete – und sie hatte allen Grund, ihn tot sehen zu wollen.

Und doch hatte sie Charakterzüge an sich wie beispielsweise ihre Unabhängigkeit, ihre Intelligenz, ihre Geduld mit ihrer Tochter und die Art und Weise, wie sie über Ehre sprach, die ihm sagten, dass sie nicht ohne Grund töten würde. Sie würde der Stimme der Vernunft lauschen.

Darum hatte er ihr die Wahrheit über seine Männer und sein Schiff gesagt. Sein Schicksal lag im Augenblick in ihren Händen. Wenn er ihr einen Grund für Misstrauen lieferte, würde sie nicht zögern, ihn zu töten. Er würde es an ihrer Stelle genauso machen.

Aber wenn er sich bei ihr einschmeichelte, wenn er sie dazu brachte, ihn als Mann und nicht als Wikinger zu sehen, würde es ihr schwerer fallen, ihn zu töten ... und vielleicht konnte er Zeit für sich schinden, dass er sie überwältigen und dann fliehen könnte.

„Ihr müsst wissen, dass ich nicht wirklich der Wilde bin, für den Ihr mich haltet", vertraute er ihr an.

Sie ignorierte ihn, stellte den Schürhaken beiseite und ging zur Küche.

„Ich hatte eine Familie", rief er hinter ihr her, „und eine Tochter wie Eure." Er fluchte im Stillen, weil seine Stimme bei den Worten brach.

Sie erstarrte einen Augenblick und nahm dann ihre leere Schale vom Tisch.

Er fügte hinzu: „Ich hätte sie auch vor Männern wie mir geschützt."

Sie hielt inne, seufzte dann und nahm die halbvolle Schale des Mädchens. „Es ist kalt", murmelte sie und kam näher, um ihm die Schale zu geben, „aber es wird Euch den Bauch füllen."

Schmerz fuhr durch seinen gebrochenen Unterarm, als er die Schale mit seinen gefesselten Händen nahm, um den Inhalt in seinen Mund zu schütten. Aber es war besser als zu hungern. Er trank den Eintopf in drei Schlucken und senkte dann die Hände, um sie schlaff auf seinem Schoß abzulegen, wobei die Schale durch seine Finger auf den Boden rutschte.

Die Frau kümmerte sich wieder um das Feuer. Ihr Gesicht glühte golden, als sie in die Flammen blickte und ihr Haar glänzte im reflektierten Feuerschein „Ihr habt gesagt, dass Ihr eine Tochter hattet", sagte sie und fragte beiläufig, „was ist mit ihr passiert?"

Es war jetzt fast ein Jahr her, aber die Wunde fühlte sich immer noch frisch an. „Sie ist gestorben", sagte er nüchtern. Es schmerzte schon, nur die Worte zu sagen.

Es wurde still. Lange Zeit sagte sie nichts.

Schließlich fragte sie: „Wie?"

Er schluckte den Kloß in seinem Hals hinunter. Er wollte nicht darüber sprechen. Er kannte diese Frau ja gar nicht. Sie war sein Feind. Warum sollte er ihr irgendetwas erzählen? Und doch drängte ihn etwas zu sprechen. Vielleicht war es die leise Ermutigung in ihrer Stimme. Vielleicht war es das vertrauensselige Mitleid in ihren Augen. Vielleicht die Tatsache, dass er nichts zu verlieren hatte. „Die Pest."

Sie runzelte die Stirn und stellte den Schürhaken an den Kamin. „Und ihre Mutter?"

Sein grausamer Verstand zauberte Ingas liebliches Gesicht vor seine Augen. „Tot", sagte mit hölzerner Stimme. „Meine Tochter. Meine Frau. Mein Sohn. Alle tot."

Er hörte, wie die Frau leise keuchte, aber sie sagte keine tröstlichen Worte. Es gab keine. Es gab nichts, was irgendjemand sagen konnte, das ihm seine Familie zurückbrachte.

Nach einer Weile murmelte sie: „Aber Ihr habt überlebt."

„Oh, aye." Sein Mund verzog sich vor bitterer Reue, während er höhnte: „Ich hatte Glück. Ich war auf dem Meer."

Die Frau runzelte die Stirn. Sie beugte sich fast unmerklich vor. Einen seltsamen Augenblick lang, während sie ihn mit ihren braunen Augen voller Mitleid anschaute, stellte er sich vor, dass sie seine Hand zum Trost berühren wollte.

Aber er würde es niemals sicher wissen, weil in dem Augenblick das kleine Mädchen zur Tür hereinschaute. „Mama", rief sie fröhlich, „ich bin fertig mit schlafen."

„Kimbery!", rief die Frau, errötete und stand rasch auf.

Avril fühlte sich, als hätte ihr Vater sie dabei erwischt, wie sie den Stalljungen küsste. Und das war lächerlich. Schließlich hatte sie nichts getan, für das sie sich hätte schämen müssen. Aber ein seltsames Schuldgefühl hing in der Luft. Sie hätte fast die Hand ausgestreckt, um den Nordmann zu trösten. Und sie wusste nicht warum.

Verwirrt hob sie die leere Schale auf und wandte sich zu Kimbery.

„Ich bin jetzt wieder lieb, Mama", sagte das kleine Mädchen in ihrer niedlichsten und raffiniertesten Stimme.

Avril seufzte, schüttelte den Kopf und trug dann die Schale in die Küche.

Kimberys Listen stürzten Avril in ein Dilemma. Avril musste den Strand absuchen, um zu sehen, ob noch mehr Nordmänner an Land gekommen waren. Aber es war zu riskant Kimbery mitzunehmen. Wenn es noch Überlebende vom Schiffbruch gab, wollte sie ihre Tochter nicht der Gefahr aussetzen. Und wenn nicht, wollte sie nicht, dass ihr kleines Mädchen ein Dutzend halb zerfressene Leichen auf ihrem Strand sah.

Sie wollte, dass Kimbery in der Kate blieb. Aber sie traute dem kleinen Mädchen nicht mit dem Mann, bei dem sie darauf beharrte, dass er ihr Vater war. Er könnte sie dazu überreden, ihn zu befreien.

Sie hatte die Wahl. Sie konnte entweder ihre Tochter festbinden oder dem Nordmann ein Schlafmittel geben.

Sie fällte die Entscheidung im Nu.

„Ihr müsst Durst haben", rief sie ihm zu.

Sie hätte sich keine Gedanken machen müssen, dass er das Opiumpuder schmecken würde, dass sie ihm in den Met gab. Er trank ihn schnell und wollte mehr. Während sie Kimbery damit beschäftigte, dass sie Butter aus der Schafsmilch machte, fing er an, schläfrig zu werden. Als er begann Verdacht zu schöpfen, war es schon zu spät.

„Was habt Ihr in das Getränk getan?", fragte er lallend.

„Kein Gift", sagte sie. „Macht Euch keine Gedanken. Ihr werdet nur eine Weile lang schlafen."

Mit letzter Kraft knurrte er sie mit ohnmächtigem Zorn an und lehnte sich dann gegen den Balken.

„Gute Nacht, Vater", rief Kimbery fröhlich, während sie den Stößel am hölzernen Butterfass hoch und runter stieß.

Avril schwang den Umhang um ihre Schultern. „Kimmie, ich gehe hinunter zum Strand. Du musst bitte hierbleiben und weiter buttern."

Sie nickte.

„Bleib von dem Mann weg. Ich bin gleich zurück."

„Psst", flüsterte sie. „Vater schläft. Weck' ihn nicht auf."

Avril blickte kurz zu dem leise schnarchenden Wikinger, der im Schlaf weit weniger bedrohlich aussah. Sein finsteres Gesicht war weg. Seine Muskeln waren entspannt. Sein Mund stand leicht auf wie bei Kimbery, wenn sie schlief. Mit seinen breiten Schultern, seinem starken Kinn und seinen atemberaubenden Augen war er wahrlich einer der attraktivsten Männer, die sie je gesehen hatte. Fürwahr, sie konnte ihn sich fast nicht mehr als heimtückischen Nordmann vorstellen, sondern eher als den Vater eines kleinen Mädchens. Fast.

Auf dem Weg zum Strand nahm Avril den geschärften Spaten aus dem Garten mit. Damit könnte sie entweder die Toten begraben oder sich gegen die Lebenden verteidigen.

Sie kam erst mittags wieder zurück in die Kate. Sie hatte weder Leichen noch Überlebende gefunden, sondern nur ein paar zersplitterte Planken von seinem Langschiff. Aber durch den Sturm war viel Treibholz angeschwemmt worden, womit sie ihren Kamin den ganzen Winter

befeuern könnte. Sie würde mehr als einmal gehen müssen, um es alles nach Hause zu bringen.

Als sie die erste Ladung vor der Tür ablegte und diese öffnete, um nach Kimbery zu sehen, stand das kleine Mädchen pflichtbewusst an ihrem Posten und machte Butter. Aber dann blickte Avril zu dem schnarchenden Nordmann. In seiner Armbeuge steckte Kimberys Stoffpuppe.

„Kimbery", schimpfte sie.

„Er war einsam", erklärte das kleine Mädchen.

Avril schüttelte den Kopf. Kimbery hatte wahrscheinlich Recht. Der Mann hatte seine Kameraden, seine Frau und seine Kinder verloren. Sie konnte sich gar nicht vorstellen, wie schrecklich das sein müsste. Wenn sie Kimbery verlor ...

Es war zu schrecklich, um darüber nachzudenken. Ihre Tochter war alles, was ihr noch geblieben war.

Sie nahm den Deckel vom Butterfass, um Kimbery zu zeigen, dass ihre harte Arbeit wie durch Zauberei Flüssigkeit abgesondert hatte. Sie goss die Buttermilch in ein kleines Fass und wickelte die Butter in ein Stück getrockneten Seetang.

Aber jetzt musste sie sich eine neue Aufgabe für Kimbery ausdenken, damit sie beschäftigt war, während sie den Rest ihrer Beute holte. Sie holte ein kleines Stück erkaltete Kohle aus dem Kamin und gab es dem kleinen Mädchen zusammen mit der hellen, flachen Schieferplatte, die sie zum Schreiben verwendeten.

„Warum übst du nicht deine Buchstaben?", schlug sie vor. Avrils Vater hatte darauf bestanden, dass Avril lesen lernte, damit sie Rivenloch besser verwalten könnte.

Avril wollte diese Fähigkeit an ihre Tochter weitergeben.

Kimbery nahm die Kohle, presste die Lippen voller Konzentration zusammen und zeichnete eine gerade vertikale Linie.

„Ich gehe wieder raus", sagte Avril. „Ich schaue mir an, was du geschrieben hast, wenn ich zurückkomme."

Sie musste noch dreimal gehen, um das ganze Treibholz einzusammeln. Zufrieden mit ihrer Ausbeute, die sie neben der Kate gestapelt hatte, klopfte sie den Staub von ihren Röcken und öffnete die Tür.

„Schau, Mama!" kreischte Kimbery und hüpfte von ihrem Schemel. „Schau, was ich gemacht habe!"

Avril betrachtete die Platte. Kimbery hatte die Buchstaben P A P A geschrieben und darunter eine einfache Skizze ihres Gefangenen mit den Fesseln und ihrer Puppe auf seinem Arm gezeichnet.

Avril wollte beunruhigt sein, aber es war zugegebenermaßen eine recht gute Zeichnung für eine Vierjährige. „Das ist sehr gut, Kimmie. Warum malst du jetzt nicht ein Bild von einem Seestern?"

„Nay!", rief sie und bedeckte die Platte mit ihren Armen, damit Avril sie nicht sauber wischen konnte. „Ich will es ihm zeigen."

„Aber er schläft."

„Aber er wird auch wieder aufwachen."

Avril wurde nachdenklich. Sie hatte nicht so viel Puder in sein Getränk getan – sicherlich nicht mehr, als sie selbst verwendete, wenn ihre monatlichen Beschwerden unerträglich wurden, aber Opium konnte riskant sein.

Sein Arm sah schrecklich aus. Er war immer noch

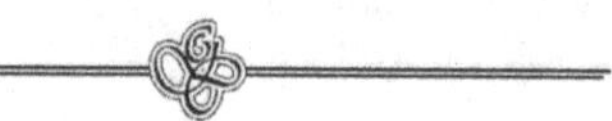

geschwollen und die Haut auf seinem Unterarm hatte eine bläuliche Farbe angenommen. Wenn es jemand gewesen wäre, der ihr wichtig war, hätte sie den Knochen gerichtet und eine Schiene gemacht, damit der Arm gerade verheilen könnte. Aber dies erschien ihr als eine Verschwendung von Zeit und Mühe, wenn sie sich noch nicht mal sicher war, ob sie ihn am Leben oder ihn sich überhaupt von seinen Verletzungen erholen lassen würde.

Er verschlief Kimberys Nachmittagsschläfchen und ihr Abendessen mit Meeresschnecken. Als Kimbery gähnend ins Bett ging, schlief er immer noch. Und er wachte nicht auf, als Avril die Kerzen ausblies und selbst ins Bett ging.

Aber mitten in der Nacht wurde sie von einem Geräusch im Zimmer nebenan geweckt und sie schlich sich mit einem Dolch in der Hand hin, um nachzuschauen.

Im schummerigen Licht des Feuers sah sie, wie der Nordmann langsam aufwachte. Seine Bewegungen waren schwerfällig und seine Augen fielen ihm wieder zu, während er versuchte, sich aufrecht zu setzen.

Sie ging näher heran, um ihn genauer anzuschauen und hockte sich neben ihn.

Als er sie erblickte, war Erstaunen auf seinem Gesicht zu sehen. Seine Augen leuchteten vor Freude und Erleichterung. „Inga", keuchte er.

Sie runzelte die Stirn und öffnete den Mund, um ihn zu berichtigen. Aber als sie die Zuneigung in seinen Augen sah, brachte sie es nicht übers Herz.

„Inga." Er lächelte und seine Augen funkelten.

Sie schluckte und zögerte, dass zerbrechliche Band seiner glücklichen Illusion zu zerreißen.

Er hob seine gefesselten Hände und berührte vorsichtig ihr Kinn. Bevor sie es überhaupt merkte, neigte er seinen Kopf und legte seine Lippen auf ihre.

Einen Augenblick lang erstarrte sie vor Verblüffung. Die Weichheit seines Mundes, die Wärme seiner Berührung und die Zärtlichkeit seines Kusses fesselten sie und sie schmolz dahin. Er schmeckte nach Meer und Abenteuer und Leidenschaft. Und einen winzigen Augenblick lang war es möglich zu glauben, dass er Gefühle für sie hegte.

Dann erinnerte sie sich daran, wer er war und dass er sie mit dem Namen einer anderen Frau gerufen hatte.

Sie riss sich los und bedeckte ihren verräterischen Mund mit der Rückseite einer zitternden Hand und hielt den Dolch vor sich.

Er ignorierte die Klinge und murmelte etwas in seiner eigenen Sprache und schlief dann mit einem friedlichen Seufzer wieder ein.

Avril wich zurück und wischte sich über die Lippen. Bei Gott! Wie hatte sie es zulassen können, dass er sie küsste? Er war ein Nordmann – ein Wilder, ein Barbar, ein Hund. Seine Sorte waren Vergewaltiger und Plünderer. Verflucht, sie hätte ihn töten sollen, als sie die Gelegenheit dazu hatte.

Obwohl sie jetzt ihr Herz gegen ihn stählte, blieb sein Geschmack auf ihren Lippen und verhöhnte sie. Zurück im Bett konnte sie nicht wieder einschlafen, weil unangenehme Erinnerungen sie beschäftigten.

Es war schon lange her, seit sie von einem Mann geküsst worden war. Und sie war noch nie so zärtlich geküsst worden.

Auch wenn sie es leugnete, die Vergewaltigung hatte

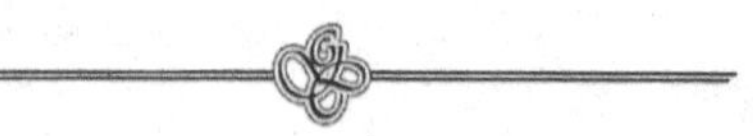

einen bleibenden Schaden in ihr verursacht. Die Machtlosigkeit und Hilflosigkeit hatten ihr eine tiefe Wunde zugefügt. Lange Zeit danach war sie nicht in der Lage gewesen, den Blick eines Mannes und schon gar nicht seine Berührung zu ertragen. Geschlagen wollte sie sich verkriechen, sich vor Scham verstecken und ihre Wunden lecken.

Aber sie wusste, dass das bedeutet hätte, dass ihr Vergewaltiger gewonnen hätte und sie würde diese Narben für den Rest ihres Lebens ertragen müssen. Stattdessen beschloss sie, sich dem Trauma zu stellen, so wie sie es machte, wenn sie vom Pferd gefallen war oder einen Schwertkampf verloren hatte.

Sie stellte sich ihren Ängsten und stürzte sich kopfüber in die Schlacht. Auch wenn sie jetzt nicht besonders stolz auf ihr voreiliges Verhalten war, hatte sie angefangen, wahllos bei Männern zu liegen und sie zu zwingen, sich ihrem Willen unterzuordnen, wobei sie den berauschenden Triumph genoss, wenn sie sich unter ihr ergaben. Schließlich hatte sie ihr Gefühl der Machtlosigkeit und Verletzbarkeit überwunden.

Es ekelte sie jetzt an, wenn sie an die Männer dachte, die sie verführt und dann verstoßen hatte. Andererseits, als sie endlich merkte, dass sie schwanger war, war nicht einer vorgetreten, um das Baby als seines auszugeben und ihre Ehre zu retten.

Und nachdem sie ein blondes Mädchen, das offensichtlich von einem Wikinger abstammte, geboren hatte, wurde sie von allen gemieden. Sie hatte der harten Wahrheit ins Auge sehen müssen, dass sie niemals einen

Mann finden würde, der den Vater für ein Wikingerkind spielen und als Ehemann einer Frau ohne Titel, Land und Geld auftreten würde.

Sie hatte den Teil von sich, der sich nach Familie, Freunden und Liebe sehnte, hinter der verschlossenen Tür zu ihrem Herz verbannt.

Aber dieser Kuss ... dieser Kuss war der Schlüssel zu einem Teil von ihr, den sie vergessen hatte und bewegte Gefühle in ihr – Gefühle von Zärtlichkeit, Zuneigung und Hoffnung. Und es würde lange dauern, bevor ihre aufgewühlten Gefühle sich wieder einschließen ließen.

Brandr verbrachte die ganze Nacht zwischen Wachen und Schlafen. Er war sich nicht sicher, was Wirklichkeit war und was er träumte. Aber heute Morgen spürte er seinen Körper wieder. Seine Zunge klebte an der Oberseite seines Mundes. Seine Augen waren verklebt und seine Hände waren taub.

Sie hatte ihn betäubt. Daran erinnerte er sich. Der Met, den sie ihm gegeben hatte, war mit etwas versetzt gewesen, das ihn in eine Besinnungslosigkeit voller Halluzinationen geschickt hatte.

Wenn sie ihn nur dort gelassen hätte ...

Er spürte, dass jemand in der Nähe war und öffnete ein Auge. Im trüben Licht konnte er sehen, dass das kleine blonde Mädchen neben ihm auf einem leeren Nachttopf hockte und sein Gesicht musterte.

„Kimmie", rief die Mutter und erschreckte das Kind. „Geh weg von ihm!"

Das kleine Mädchen gehorchte und setzte den Nachttopf neben ihm mit einem lauten Knall ab. Dann verschränkte sie die Arme über ihrer Brust und sagte etwas, das sie wahrscheinlich zuvor schon einmal von ihrer Mutter gehört hatte. „Wenn man sich nicht um seine Haustiere kümmert, kann man sie nicht behalten."

„Er ist kein ...", sagte sie, ergriff die Hand des kleinen Mädchens und zog sie zurück. „Ich habe dir gesagt, Kimmie, dass er ein böser Mann ist."

Brandr öffnete jetzt beide Augen. Selbst zerzaust vom Schlaf war die Frau schön. Haarsträhnen hatten sich aus ihrem Zopf gelöst und rahmten ihr Gesicht wie kunstvoll drapierter Seetang auf einem sandigen Strand. Unter ihrem Kleid trug sie ein weißes Unterkleid, das am Hals geöffnet war und die dezente Kurve ihres Busens offenbarte. Und ihre vom Schlaf geschwollenen Lippen ...

Er runzelte die Stirn. Eine seltsame Erinnerung kam ihm in den Kopf. Hatte er die Frau geküsst?

Ihr flüchtiger Blick und die Schuld in ihren Augen bestätigten seinen Verdacht. Er hatte sie geküsst. Aber wann? Und warum?

Plötzlich überlegte er, ob er mehr getan hatte als sie nur zu küssen. Hatte er sich Freiheiten genommen, an die er sich nicht erinnern konnte?

„Kimbery", sagte sie und starrte ihn mit unbehaglicher Kühnheit weiterhin an, „bring mir meinen Dolch."

Ihm stockte der Atem. Ihr Dolch? Was hatte sie vor? Sie würde doch vor ihrer Tochter nichts von ihm abschneiden. Oder doch? Er versuchte sie zu fragen, was sie vorhatte, aber sein Mund war zu trocken, um zu sprechen.

Als sie den Dolch in der Hand hatte, näherte sie sich ihm und er zog defensiv seine Beine zurück.

„Hört mir zu", sagte sie leise, sodass ihre Tochter nicht hören konnte. „Ich werde die Fesseln an Euren Handgelenken durchschneiden. Aber wenn Ihr etwas versucht, schwöre ich, dass ich Euch mit diesem Dolch die Kehle durchschneide."

Er blickte auf seine Hände in seinem Schoß. Kein Wunder, dass er sie nicht spüren konnte. Das Seil schnitt in seine geschwollenen Handgelenke und die Finger an seiner linken Hand waren blau.

„Versteht Ihr?", sagte sie und kniff die Augen zusammen.

Er nickte.

Sie schnitt seine Fesseln auf und er unterdrückte einen Schmerzensschrei, als das Gefühl plötzlich in seine Finger zurückkehrte wie tausende piekende Nadeln. Er spürte, wie ihm das Blut aus dem Gesicht strömte und er musste sich zusammenreißen, dass er bei Bewusstsein blieb.

„Kimmie, bring mir bitte einen Becher Wasser."

Das kleine Mädchen gehorchte sofort. Er wusste nicht, warum die Frau ihm gegenüber Gnade zeigte. Vielleicht war es nur, weil sie seinen Tod nicht auf ihrem Gewissen haben wollte. Aber er nahm das Wasser gerne an und sie neigte den Becher für ihn, wobei er husten musste, weil er zu schnell trank.

Er wusste nicht, ob sie ihm die Kehle vor dem kleinen Mädchen durchschneiden würde, aber er wollte sie auch nicht auf die Probe stellen.

„Kimbery", rief sie über ihre Schulter, wobei sie die Klinge an seinen Hals hielt. „Du musst im Bett warten, bis ich dich rufe."

„Aber Mama, ich will auch helfen."

„Noch nicht. Gleich."

Das gefiel Brandr nun gar nicht. Was wollte die Frau tun, was ihre Tochter nicht sehen sollte?

„Versprochen?", fragte das kleine Mädchen.

„Versprochen. Und jetzt warte da, bis ich dich rufe."

Das Mädchen hüpfte davon und Brandr war allein mit der Frau.

Sie starrte auf den Dolch, wo er an seinem Hals lag und murmelte verärgert zu sich selbst. „Ich hätte Euch einfach liegen lassen sollen. Der Herrgott weiß, dass Ihr mir keine Gnade gezeigt hättet." Sie blickte auf seinen verunstalteten Arm. „Wenn ich das für Euch mache", sagte sie seufzend, „wenn ich Euch von Eurem Leid erlöse ..."

Bei Odin, sie wollte ihn töten! Sein Kriegerinstinkt übernahm und trotz der bedrohlichen Klinge und der wahnsinnigen Schmerzen in seinen Armen streckte er seine gute Hand mit letzter Kraft hoch und ergriff sie am Handgelenk, schüttelte es ein wenig und der Dolch viel scheppernd auf den Boden.

Einen kurzen Augenblick begegneten sich ihre Blicke und er sah die Panik in ihren Augen, als er die Oberhand gewann. Aber sein Vorteil war nur von kurzer Dauer. Mit dem nächsten Atemzug schoss ihre freie Faust nach vorn und schlug ihm hart auf die Nase.

KAPITEL 4

er Wikinger ließ sie sofort los und Avril stolperte nach hinten und landete auf ihrem Po, wobei sie sich ihre Hand hielt. Was war nur los mit dem Mann? Hatte sie nicht gesagt, dass sie ihn von seinem Leid erlösen wollte? Der undankbare Kerl!

Jetzt war er gebändigt und Blut tropfte aus einem Nasenloch. Sie hatte ihn nicht so fest geschlagen, dass sie seine Nase gebrochen hätte. Tatsächlich hatte sie ihn nicht bewusstlos geschlagen, sondern ihn nur benommen gemacht. Sie würde jetzt schnell arbeiten müssen, bevor er sich in den Kopf setzte, wieder gegen ihre guten Absichten anzukämpfen.

Vorsichtig bewegte sie seinen verletzten Arm auf seinem Schoß und schob seinen Ärmel hoch, um ihn zu untersuchen. Der Knochen sah ziemlich gerade aus, obwohl es bei der Schwellung schwer zu sagen war. Sie strich mit den Fingerspitzen vorsichtig und schnell über den Rand seines Unterarms, um die Bruchstellen zu finden.

Nichts stach durch das Fleisch hervor und daher war es nicht allzu ernst. Aber auf halbem Weg zwischen seinem

Ellenbogen und dem Handgelenk war ein Knoten, wo der Knochen gebrochen und zur Seite gerutscht war. Sie würde daran ziehen müssen, um ihn wieder an die richtige Position zu richten.

Warum sie ihm diese Freundlichkeit erwies, wusste sie nicht. Vielleicht, weil er seine Frau und Kinder verloren hatte. Vielleicht, weil er allein und verlassen und ein Schiffbrüchiger wie sie war. Vielleicht war es die Art und Weise, wie er sie letzte Nacht geküsst hatte.

Er kam wieder zu sich und zog das Blut, das aus seiner Nase tropfte, hoch. Sie würde schnell handeln müssen. Sie ergriff sein breites Handgelenk mit beiden Händen und stellte ihren Fuß auf die Innenseite seines Ellenbogens und zog fest.

Er brüllte, aber er musste verstanden haben, was sie tat. Seine rechte Hand war frei und er hätte sie mit einem Schlag erledigen können. Stattdessen schlug er mit seiner Faust auf den Boden.

Sie ließ ihn dann los und trat zurück. Sie war sich nicht sicher, welche Flüche er von sich gab, denn sie waren in seiner Sprache. Aber die Balken bogen sich und Kimbery konnte nicht widerstehen, um die Ecke auf das große brüllende Ungeheuer zu schauen.

„Mama, seid ihr ...“

„Geh!“, riefen sie gleichzeitig und Kimbery verschwand sofort.

Der Nordmann schnaufte jetzt wie ein verwundeter Wolf und sie merkte, dass er genauso gefährlich war. Sie hatte seinen Arm gerichtet. Und jetzt könnte er ihn vielleicht sogar schon gebrauchen.

Sie bewaffnete sich mit dem Schürhaken und war bereit, diesen sofort zu benutzen. Aber er schien nicht geneigt zu sein anzugreifen. Seine Beine waren gefesselt. Ebenso seine Oberarme. Das Halsband saß noch richtig fest. Er konnte nirgendwo hingehen.

„Der Bruch sollte jetzt richtig verheilen, aber Ihr braucht eine Schiene. Wenn Ihr Euch bewegt", sagte sie und zeigte ihm den Schürhaken, „breche ich Euch den anderen Arm."

Glücklicherweise hatte sie eine reichliche Auswahl an Treibholz direkt vor der Tür. Sie ließ die Tür auf, ging hinaus und kam schnell mit zwei ziemlich geraden Stücken wieder herein und dachte die ganze Zeit, dass sie verrückt sein musste. Einen Wikingereindringling zu behandeln machte ungefähr so viel Sinn, wie wenn sie einen Hirsch, den sie zum Abendessen erlegt hatte, wieder zusammennähen würde.

Sie wühlte in der kleinen Kiste am Kamin und fand ein Unterkleid aus Leinen, das für Kimbery zu klein geworden war. Sie riss es in Streifen, um es zur Befestigung der Schiene zu verwenden. „Muss ich Euch Opium geben, um Euch ruhig zu halten?"

„Nay", knurrte er.

Sie vertraute ihm immer noch nicht. „Dann hört mir gut zu, Nordmann. Eine falsche Bewegung und ich drücke Eure Knochen so schnell wieder auseinander wie ich sie gerichtet habe."

Er ließ es zu, dass sie seinen Arm schiente, aber es erwies sich als eine ebenso große Qual für sie wie für ihn. Es fühlte sich falsch an, ihn zu berühren. Sein Arm

sah fremd und furchteinflößend aus mit seinen riesigen Muskeln und dem hellgoldenen Haar. Seine sonnengebräunte Haut fühlte sich heiß unter ihren Fingern an, als wenn sie Sonnenlicht ausstrahlte und ihre eigene Haut wurde bei der Berührung warm. Sie war nah genug, dass sie seinen Atem spüren konnte und ihr Puls ging schneller, als sie sich an das angenehme Gefühl von seinen Lippen auf ihren erinnerte. Dieser Kuss war für einen gewalttätigen Nordmann so unerwartet zärtlich gewesen.

Aber sie konnte es sich nicht leisten, sich von seiner Zärtlichkeit übertölpeln zu lassen. Außerdem sah er heute alles andere als zärtlich aus. Zwischen seinen Augenbrauen lag eine tiefe Zornesfalte. Seine Mundwinkel zeigten nach unten. Und seine Hände sahen neben ihren riesig und bedrohlich aus. Ein Mann wie er konnte ihren Hals mit einer Hand umfassen und das Leben im Nu aus ihr drücken.

Glücklicherweise tat er das nicht.

Sie schaffte es, die Schiene festzubinden und fesselte dann wieder seine Handgelenke mit einem Seil. Zufrieden mit ihrer Arbeit trat sie zurück und wollte eine gewisse Distanz zwischen sich und den Mann, der ihren Herzschlag durcheinanderbrachte, bringen.

Es war einfach, sich zu beschäftigen. Es gab immer viel zu tun. Sie hatte gestern ein wenig Seetang für eine Suppe gesammelt und jetzt stand sie an ihrem Schneidbrett am Tisch und schnitt die gekräuselten roten Stränge in kleine Stücke. Aber es war fast unmöglich, sich darauf zu konzentrieren, wenn sie den stillen Blick des Wikingers wie das Starren eines Wolfes auf der Pirsch auf sich spürte.

Nach einigen nervenaufreibenden Augenblicken sprach er. „Ihr könnt mich nicht ewig in Ketten legen, Frau."

Sie schnitt weiter. Sie machte sich schon Sorgen, aber das wollte sie ihn nicht wissen lassen.

Er fuhr fort: „Kennt Ihr nicht die Geschichte von Fenrir?"

Sie schnaubte uninteressiert in seine Richtung.

Das ignorierte er. „Fenrir, der furchteinflößende Sohn von Loki. Sie versuchten, ihn in Ketten zu halten. Soll ich Euch erzählen, was passiert ist?"

Sie weigerte sich, ihn anzusehen. „Nay. Ich möchte nichts hören ..."

„Erzählt es mir! Erzählt es mir!", rief Kimmie plötzlich von der Tür. „Ich will eine Geschichte hören!"

„Psst!", zischte Avril. „Ich will nicht, dass du in seine Nähe gehst, Kimbery."

„Ich gehe nicht nah an ihn heran, Mama. Ich verspreche es. Bitte?"

„Nay. Ich will noch nicht einmal, dass er mit dir spricht."

„Aber warum?", jammerte sie.

Er antwortete, bevor sie den Mund öffnen konnte. „Deine Mutter hat Angst, dass ich eine Wikingerin aus dir mache."

„Oh", sagte Kimmie.

Avril atmete entnervt aus, knallte das Messer auf das Brett und warf ihm einen finsteren Blick zu. „Das stimmt nicht."

„Aber Mama, ich bin doch schon eine halbe Wikingerin", sagte sie fröhlich und hüpfte zu Avril.

Avril biss sich auf die Unterlippe. Normalerweise

versuchte sie, das zu verdrängen. Trotz Kimberys hellblondem Haar und ihren hellblauen Augen betrachtete sie ihre Tochter als ein süßes kleines piktisches Mädchen.

„Bitte Mama", bettelte sie und zog an Avrils Röcken, „ich werde auch lieb sein, ich verspreche es."

„Das weiß ich", sie nahm den Dolch wieder in die Hand und zeigte damit auf den Nordmann. „Er ist jedoch nicht so lieb."

„Was glaubt Ihr, was ich tun werde", knurrte er und drehte absichtlich den Hals in seinem Lederband. „Glaubt Ihr, dass ich sie mit meinem Blick durchbohre?"

Avril fand, dass er das bereits ganz gut machte. Sie spürte die Berührung seines eisigen Blicks wie das Stechen eines Eisregens im Winter,

Aber er hatte Recht. Im Grunde genommen war er hilflos. Nur mit Worten konnte er Kimbery nicht schaden. Außerdem wäre es nützlich, dass das kleine Mädchen Unterhaltung hatte, während Avril sich um ihre Arbeit kümmerte. Sie hatte gehört, dass die Sagen der Wikinger grundsätzlich lang und verworren waren und so würde Kimmie eine Zeit lang aus ihrem Weg sein.

Und doch konnte sie es nicht zulassen, dass der Nordmann in der Nähe ihrer Tochter war. Er konnte vielleicht nicht fliehen, aber er könnte einem kleinen Mädchen, das ihm zu nahe kam, ernsthaften Schaden zufügen.

„Ich werde ihr nichts tun", sagte er. „Ich schwöre es."

Er erwartete doch sicherlich nicht, dass sie ihm vertraute. Der Schwur eines Wikingers war einen Dreck wert. „Das stimmt. Das werdet Ihr nicht. Wenn Ihr sie auch nur anrührt, werde ich Euch mit diesem Messer in Stücke schneiden."

„Bitte Mama." Kimbery schürzte ihre Lippen.

Avril seufzte. Sie schüttelte den Kopf und war sich immer noch nicht sicher, dass es eine gute Idee wäre. „Schwörst du bei deiner Ehre, Kimbery, dass du dableibst, wo ich dich hinsetzte?"

„Bei meiner Ehre", sagte sie und legte eine Hand auf ihre Brust.

Avril legte ihr Messer hin und wischte sich die Hände an ihrer Schürze ab. Sie nahm Kimmie an die Hand und ging mit ihr an eine Stelle in der Nähe des Kamins gegenüber dem Wikinger. „Bleib hier. Und Ihr", sagte sie und zeigte mit dem Finger auf ihren Gefangenen. „Wagt es nur nicht, Euren ‚bohrenden Blick' auf meine Tochter zu werfen oder ich steche Euch die Augen aus."

Sie musste ihm das gar nicht sagen. Er hatte nicht vor, ihre kostbare Kimbery anzuschauen. Sein bohrender Blick war für das verfluchte Weib reserviert, die ihm auf den Kopf geschlagen, ihn vom Strand hochgezogen, ihn wie einen bösartigen Hund gefesselt und ihm auf die Nase geschlagen hatte. Er würde die Geschichte von Fenrir zwar ihrer Tochter erzählen, aber sein Blick und die Geschichte waren eigentlich für *sie* gedacht.

„Vor langer Zeit", fing er an und starrte angespannt auf den Rücken der Frau, während sie den Seetang hackte, „hat Fenrir, einer von Lokis drei Söhnen ..."

„Wer ist Loki?", fragte Kimmie.

„Loki ist der Bruder von Thor."

„Wer ist Thor?"

„Thor ist der Sohn von Odin."

„Wer ist Odin?"

Brandr seufzte. Das kleine Mädchen wusste offensichtlich nichts über ihre Herkunft. Er war versucht, den gesamten Stammbaum der Götter aufzusagen, was ein Martyrium wäre, das Stunden dauern würde, und seine eigenen Kinder waren immer eingeschlafen, bevor er überhaupt über die fünfte Generation hinausgekommen war. Er beschloss, sich kurz zu fassen: „Odin ist ein Gott. Sie sind alle Götter. Und Loki, der Sohn von Odin und Gott des Feuers machte immer Ärger."

„Mama sagt, dass ich auch immer Ärger mache", erzählte ihm Kimbery.

„Bestimmt nicht solchen Ärger", sagte er. „Loki hat gelogen und die anderen Götter betrogen und getäuscht."

„Hatte er keine Ehre?"

„Aye, das stimmt. Er hatte keine Ehre. Er hatte jedoch drei Söhne, die er zu schrecklichen Ungeheuern erzog. Einer war eine große Schlange." Brandr zischte wie eine Schlange und das kleine Mädchen gab vor, vor Angst zu zittern. Die Frau ignorierte seine Possen.

„Odin warf sie ins Meer und sie vergrößerte sich so schnell, dass ihr Körper um die ganze Welt geschlungen wurde und ihr Schwanz in ihren Mund hineinwuchs.

Das kleine Mädchen keuchte vor Erstaunen. Ihre Mutter hackte weiter.

„Das zweite Ungeheuer hat Odin in Niflheim gefangen gesetzt, einem Land, wo die Sonne niemals scheint und es immer dunkel ist."

„Ich habe keine Angst vor der Dunkelheit", prahlte Kimbery.

„Das ist gut."

„Was ist mit dem dritten Ungeheuer?"

„Es hieß Fenrir und war ein böser, schnappender Wolf."
Brandr knurrte laut und erschreckte die Frau. Sie keuchte
und ließ das Messer klirrend auf den Tisch fallen. Er grinste
und war äußerst zufrieden. „Odin brachte ihn nach Asgard,
dem Heim der Götter und hoffte, ihn zu zähmen."

„Ihn zähmen wie Finn?"

„Finn?"

„Mein Hund. Er hat mich immer auf seinem Rücken
reiten lassen."

„Ich verstehe. Nay, Fenrir war zu wild, als dass er hätte
gezähmt werden können. Er wurde jeden Tag größer und
bösartiger, bis nur noch einer der Götter den Mut hatte, ihn
zu füttern. Dieser Gott war Tyr, der Gott des Krieges und
einer von Odins Söhnen. Tyr war mutig und treu und jeden
Tag brachte er Fenrir sein Futter."

„Was hat Fenrir gegessen?"

Er blickte zu der Frau, die sich wieder ihrer Arbeit
zuwandte und er war versucht „piktische Weiber" zu
antworten. Stattdessen erklärte er ihr aber: „Er aß Fleisch,
Kühe und Schweine und ..."

„Schafe?", fragte das Mädchen ängstlich. „Hat er Schafe
gegessen? Ich habe ein Schaf."

„Also ... nay, ich glaube nicht, dass Fenrir den
Geschmack von Schafen mochte", beruhigte er sie. „Aber er
hatte großen Appetit und der wurde jeden Tag größer, bis
die Götter schließlich beschlossen, dass er zu groß und zu
gefährlich war, um ihn in Asgard frei herumlaufen zu
lassen. Sie konnten ihn nicht töten, weil das in Asgard
verboten war. Also beschlossen sie, ihn in Ketten zu legen."

„So wie Mama Euch gefesselt hat?"

Er lächelte grimmig. „Genau."

Die Frau erstarrte und hielt inne, wobei sie das Messer in der Luft hielt.

Er nahm die Geschichte wieder auf. „Thor, der Gott des Donners und Lokis Bruder sagte, dass er eine starke Kette schmieden würde, um Fenrir mit Miolnirs Hilfe anzubinden."

„Wer ist Miolnir?"

„Miolnir ist Thors mächtiger Hammer. Er sieht aus wie der, den ich um meinen Hals trage." Er hob sein Kinn, um dem kleinen Mädchen den kleinen silbernen Hammer zu zeigen.

Kimbery stand halb auf, als wollte sie aufstehen, um sich den Hammer genauer anzuschauen.

Wie alle Mütter hatte sie scheinbar Augen im Hinterkopf, denn sie rief über ihre Schulter: „Kimmie, bleib, wo du bist!"

„Tue ich doch", beharrte das kleine Mädchen und setzte sich wieder.

Brandr fuhr fort. „Thor hämmerte die ganze Nacht an der Kette. Weil Fenrir keine Angst vor den anderen Göttern hatte, erlaubte er ihnen am nächsten Tag, die Kette um seinen Hals zu legen", erzählte er und blickte bewusst auf den Rücken der Frau.

„Und keiner durfte in seine Nähe kommen", erriet Kimbery.

„Das stimmt. Aber sehr zur Überraschung der Götter unternahm Fenrir einen mächtigen Sprung, zerbrach die Kette und befreite sich."

Das kleine Mädchen keuchte vor Entsetzen.

Die Frau, die ihnen immer noch den Rücken zuwandte, unterbrach die Geschichte. „Dann war die Kette offensichtlich nicht stark genug", murmelte sie und hackte dann weiter.

„Was ist dann passiert?", fragte Kimbery.

Er lächelte hinterhältig. „Die Götter beschlossen, dass sie eine stärkere Kette brauchten." Er sah, wie die Schultern der Frau sich hoben und senkten und sie irritiert seufzte. „Also versprach Thor, dass er dieses Mal noch härter arbeiten und eine unzerbrechliche Kette schmieden würde. Er hämmerte drei Tage und drei Nächte lang in seiner Schmiede. Als er fertig war, war die Kette so schwer, dass selbst der mächtige Thor sie kaum anheben konnte. Dieses Mal ließ Fenrir sich nicht so leicht anbinden. Aber die Götter lobten seine große Kraft und versicherten ihm, dass er diese Kette auch leicht zerbrechen könnte. Also ließ er es schließlich zu, dass sie die Kette um seinen Hals legten."

„Hat er sie auch zerbrochen?"

„Er schüttelte einmal kräftig seinen Kopf", sagte er und demonstrierte es, „und mit einem kräftigen Sprung befreite er sich selbst von der Kette."

Die Frau steckte ihr Messer mit einem lauten Knall in das Brett und war offensichtlich verärgert über die Richtung, welche die Geschichte nahm. Aber das war ihm einerlei. Er wollte eine Pointe setzen. Keine piktische Frau würde ihn besiegen und versuchen, ihn wie Fenrir festzubinden.

„Was ist dann passiert?", fragte Kimbery.

„Thor war sehr entmutigt und die Götter wussten nicht,

was sie tun sollten. Schließlich sagte Frey, der Gott des Sommers, dass er alle Zwerge, die tief in der Erde lebten, bitten würde eine Kette zu schmieden. Auch wenn sie klein waren, besaßen sie doch einen mächtigen Zauber. Sie könnten sicherlich eine Kette schmieden, die stark genug war, um Fenrir zu halten."

Das kleine Mädchen war jetzt begeistert. Sie hatte ihr Kinn auf ihre Hand gestützt und lehnte sich so weit wie möglich vor. Ihre Mutter hatte angefangen, dass nächste Bündel Seetang zu hacken, aber er bemerkte, dass sie dies sehr ruhig machte. Zweifellos wollte sie auch jedes Wort hören.

„Sie brauchten zwei Tage und zwei Nächte, aber die Zwerge schmiedeten eine Kette aus den sechs stärksten Elementen, die sie finden konnten. Sie verwendeten die Wurzeln der Felsen, die Spucke von Vögeln, die Schritte von Katzen, die Bärte von Frauen, den Atem der Fische und die Sehnen von Bären. Sie präsentierten die Kette den Göttern und obwohl sie fein und leicht war, versicherten ihnen die Zwerge, dass die verzauberte Kette unzerbrechlich war. Inzwischen wussten die Götter natürlich, dass Fenrir zu schlau war, als dass er ihnen erlauben würde, ihn ein drittes Mal fest zu binden. Also luden sie ihn auf eine Reise zu einer wunderschönen Insel ein, wo sie zusammen spielen wollten und er seine Stärke demonstrieren könnte."

„Was ist eine Insel?"

Er runzelte die Stirn. Das kleine Mädchen lebte auf einer Insel. Wusste sie das nicht? „Land, das von Wasser umgeben ist."

„Wie mein Haus?“

„Aye.“

„Nay“, widersprach die Frau, „es ist nicht das gleiche, Kimmie. Wir wohnen nur *neben* dem Ozean.“

„Ihr lebt auf einer Insel“, sagte er zu ihr.

„Das tun wir nicht“, entgegnete ihm die Frau und blickte ihn finster an.

„Zugegebenermaßen ist es eine große Insel, aber ...“

„Wir leben nicht auf einer Insel.“

Herausfordernd hob er eine Augenbraue. „Wirklich? Woher wollt Ihr das wissen? Seid Ihr jemals über die Meere gesegelt?“

Die Frau schnaubte und wandte sich wieder ihrer Arbeit zu und war offensichtlich von dieser Offenbarung verärgert.

Avril war sich sicher, dass der Wikinger Unrecht hatte. Sie war tagelang gereist – nach Norden, Süden und Westen – und war niemals auf Meer gestoßen. Aber die Plünderer des Nordens segelten über große Entfernungen. Wenn jemand die Ozeane kannte, dann war es ein Nordmann. Der Gedanke, dass sie auf einer Insel leben könnte, war befremdlich. Der Gedanke, dass jemand ihr Zuhause besser kannte als sie selbst, machte ihr große Sorgen.

„Was ist dann passiert?“, fragte Kimmie. „Was dann?“

„Die Götter nahmen die Kette heraus und versuchten alle, sie zu zerbrechen, aber keiner konnte es, noch nicht einmal Thor, der behauptete, dass sie so stark war, dass nur Fenrir sie mit Sicherheit zerbrechen konnte. Fenrir war zu stolz, als dass er die Herausforderung abgelehnt hätte. Er erlaubte ihnen, die Kette unter einer Bedingung um seinen

Hals zu legen – dass einer der Götter dabei seine rechte Hand in sein Maul legte als Vertrauensbeweis, um zu zeigen, dass sie ihn nicht einsperren wollten."

Kimbery keuchte.

„Die Götter wollten ihn natürlich einsperren, und daher wollte keiner eine Hand in sein Maul legen. Aber der treue Tyr trat mutig vor und legte seine Hand zwischen die scharfen Zähne des Wolfes. Dann legten sie die Kette um Fenrirs Hals und er versuchte, sie zu zerbrechen, aber je mehr erzog, desto enger wurde sie. Als er merkte, dass er sich nicht befreien konnte, biss er vor Zorn Tyrs Hand ab."

„Oh nay!", rief Kimbery.

Avril wandte sich zu ihrer Tochter. „Und darum, Kimmie, gehen wir nicht in die Nähe von angeketteten, gefährlichen wilden Tieren." Selbstgefällig hob sie eine Augenbraue in seine Richtung.

Er erwiderte die Geste und antwortete: „Und darum sollten wir gefährliche wilde Tiere nicht an die Leine legen."

„Ist Tyr gestorben?", fragte Kimmie.

„Nay, er ist nicht gestorben", sagte der Mann. „Er wurde ein Held in Asgard wegen seines Muts."

„Mama, ich will nach Asgard."

Avril warf dem Wikinger einen leidenden und finsteren Blick zu. Er lächelte sie an.

„Kimmie", sagte sie, „komm und hilf mir, den Tang zu waschen."

Kimbery hüpfte zu ihr hin und setzte sich auf ihren Schemel, während Avril einen Eimer frisches Wasser brachte. Das kleine Mädchen krempelte ihre Ärmel hoch und steckte ihre Arme in das Wasser und rührte kräftig darin herum, während Avril den gehackten Seetang in den Eimer warf.

Die Geschichte des Wikingers war natürlich völlig lächerlich gewesen. Es gab keinen Ort namens Asgard, keinen Gott mit einem Hammer und keine Zwerge, die magische Ketten schmiedeten. Aber die Geschichte war recht unterhaltsam und Kimmie war beschäftigt gewesen.

In einer Beziehung hatte der Mann jedoch Recht gehabt. Avril hatte in der Tat Angst, dass Kimberys Wikingerblut eines Tages zum Leben erweckt würde und dass sie von der geheimnisvollen Welt ihres Wikingervaters begeistert sein würde und Avril ihre piktische Tochter an die Plünderer des Nordens verlieren könnte.

Sie spürte, dass die eisblauen Augen des Wikingers auf ihr ruhten, als sie das Feuer wieder schürte und mehr Holz auflegte. Sein Interesse war ziemlich beunruhigend. Aber er hatte ja auch nicht viel was anderes, was er hätte anschauen können. Sie war versucht, ihm die Augen zu verbinden, aber das schien ihr dann doch unnötig grausam. Wenn er nur nicht jede ihrer Bewegungen beobachten würde ...

„Das reicht, Kimmie. Wir setzen es jetzt zum Kochen auf und gehen, um Caimbeul zu melken.“

Es konnte jetzt nichts schaden, den Wikinger allein zu lassen. Er schien ausreichend gefesselt zu sein. Sie würden nur kurz weg sein, lang genug um das Schaf zu melken und wieder auf die Wiese zu bringen.

KAPITEL 5

In dem Augenblick, als sie die Tür geschlossen hatten, fing Brandr an, an seinen Fesseln zu zerren und betete um Fenrirs Kraft. Er glaubte, dass es der Frau schließlich zu viel werden würde, ihn in ihrer Kate zu haben. Aber sie würde ihn nicht einfach freilassen. Sie würde ihn an jemanden übergeben, der wusste, was man mit einem gefangenen Wikinger machte. Er wollte sie nicht zu einer übereilten Entscheidung zwingen.

Mit aller Kraft zog er an dem ledernen Halsband. Sein geschienter Arm war jetzt noch nutzloser. Aber wenn er fest genug zog, könnte er vielleicht den Eisenring aus der Wand ziehen. Wenn er das geschafft hatte, könnte er an den Knoten kommen, um seine Knöchel zu befreien. Dann würde er fliehen. Und er würde das großartige Schwert mitnehmen.

Wohin er gehen wollte, wusste er noch nicht. Es würde nicht einfach für einen großen, blonden, blauäugigen Nordmann sein, sich in einem Land voller dunkelhaariger Zwerge zu verstecken.

Das Leder schürfte die Haut an seinem Hals auf und fast erwürgte er sich selbst, aber er konnte den Ring nicht herausziehen. Als sie zurückkamen, war er der Freiheit kein Stück näher. Die Frau war jedoch misstrauisch und warf ihm einen scharfen Blick zu, als sie den Eimer Milch auf den Tisch stellte.

„Ihr schwitzt", sagte sie.

„Ich bin ja auch neben dem Feuer", antwortete er.

Sie runzelte zweifelnd die Stirn und wollte etwas sagen, aber Kimbery unterbrach sie. „Ich habe Caimbeul gemolken", verkündete sie stolz. „Es heißt Caimbeul, weil es ein schiefes Maul hat, so wie dies." Sie schnitt eine komische Fratze. „Habt Ihr schon mal ein Schaf gemolken?"

Er schüttelte den Kopf.

„Fürwahr?", fragte ihre Mutter und hob ihre Augenbraue hinterhältig an. „Ich werde es Euch lehren müssen, wenn Euer Arm geheilt ist."

Er kniff die Augen zusammen. Ihn lehren, wie man ein Schaf melkte? Wollte sie einen Sklaven aus ihm machen? Der Gedanke war lächerlich. Er war der Sohn eines Adligen, ein Krieger. Und wenn sie ihn nicht weiter angebunden halten wollte, würde er sich leicht befreien. Ein Weib mit Fliegengewicht und ihre vierjährige Tochter hatten keine Chance gegen einen Wikinger.

Aber dies waren gute Nachrichten. Ohne die unmittelbare Bedrohung des Todes und mit dem Vorteil der Zeit könnte er sie leicht einlullen und ihr Vertrauen gewinnen. Und wenn sie es am wenigsten erwartete, würde er fliehen.

„Wollt Ihr mein Bild sehen?", fragte Kimbery ihn. Sie wartete die Antwort gar nicht ab, lief in das Schlafzimmer und kam mit der Schieferplatte zurück.

Er drehte seinen Kopf, um sie anzusehen. „Bin ich das?"

Sie nickte.

„Hast du das gemalt?"

Sie nickte erneut.

„Was steht da?"

„Kimbery", unterbrach ihre Mutter, „lass ihn in Ruhe."

„Tue ich doch." Dann zeigte sie auf die Buchstaben und vertraute ihn flüsternd an: „Da steht Papa."

Darüber musste er lächeln. Das kleine Mädchen war wirklich hartnäckig.

Ihre Mutter wollte offensichtlich die Unterhaltung beenden und fragte: „Was macht der Seetang, Kimmie?"

Kimbery legte die Platte ab und schaute in den Tontopf, der auf der Feuerstelle stand. „Er kocht, Mama."

„Gut. Stell dich nicht zu nah ans Feuer."

Das kleine Mädchen trat einen übertriebenen Schritt zurück und begann ihren Zopf zwischen ihren Fingern zu drehen. Sie blickte erst zu ihm, dann auf den Boden und runzelte besorgt die Stirn. Als er ihrem Blick folgte, merkte er, dass er ihre Stoffpuppe unter seiner Hüfte zerdrückte. Er bewegte sich so weit er konnte, aber das war nicht weit genug.

„Mama", sagte sie traurig, „ich will Maeve zurückhaben."

Die Frau klackte mit der Zunge. „Du hättest sie ihm nicht geben sollen."

Kimberys Unterlippe zitterte.

Die Frau seufzte leise. „Also gut. Du bleibst zurück. Ich hole sie."

Sie näherte sich ihm vorsichtig und hockte sich neben ihn. Sie roch frisch nach Sonnenschein und süßem Gras. Ihr Unterkleid war immer noch am Hals geöffnet und als sie sich nach vorne beugte, sah er das obere Ende ihrer Brust, die so blass und weich wie Sahne aussah. Lüsternheit durchfuhr ihn und die Tatsache, dass sie unter seinem Po nach der Puppe wühlte, war nicht besonders hilfreich.

Sein unbehagliches Knurren warnte sie bezüglich dessen, was sie da tat. Plötzlich schämte sie sich, ergriff die Puppe und zog sie raus wobei sie unglücklicherweise ihren Arm zerriss.

Natürlich fing Kimbery bei dem Anblick vor Entsetzen an zu schreien und es dauerte einige Augenblicke, bevor ihre Mutter sie beruhigen konnte, indem sie ihr sagte, dass die Puppe leicht repariert werden könnte.

In der Zwischenzeit war Brandr froh, dass seine Hände über seinem Schoß gefesselt waren, denn der Anblick seines zunehmenden Verlangens hätte sie zweifellos noch mehr verärgert. Es ärgerte ihn auf jeden Fall. Er hatte seine Frau vor weniger als einem Jahr verloren. Es war nicht richtig, dass diese fremde Frau ihn erregen sollte.

Schließlich war die Ordnung wiederhergestellt, obwohl die Frau ihre anderen Aufgaben verschieben musste, um der Puppe zuerst ihren Arm wieder anzunähen. Als sie fertig war, inspizierte das kleine Mädchen ihre Handarbeit ganz genau, um sicherzugehen, dass alles richtig war. Als sie scheinbar zufrieden war, nahm sie die Puppe mit in ihr Schlafzimmer, wobei sie die ganze Zeit mit ihr redete.

Den Rest des Tages war die Frau beschäftigt. Er hatte noch nie jemanden gesehen, der so hart arbeitete. Selbst die Leibeigenen in seinem Land durften sich ausruhen. Aber sie arbeitete von morgens bis lange nach Sonnenuntergang, hielt das Feuer in Gang, bereitete Speisen vor, melkte das Schaf, wusch die Wäsche, machte Käse, flickte ihre Kleidung und lehrte ihre Tochter sogar lesen und schreiben. Kein Wunder, dass sie einen Sklaven aus ihm machen wollte.

Der Seetangeintopf war bemerkenswert lecker, insbesondere, nachdem sie die frische Schafmilch, geräucherten Fisch und wilde Zwiebeln hinzugefügt hatte. Es war zwar kein wohlschmeckender Schweinebraten, den er bevorzugte, aber er musste ihre Fähigkeit bewundern, etwas Leckeres aus dem Vorhandenen zu zaubern. Fürwahr, wenn er zum Plündern und auf der Suche nach Gefangenen ins Land der Pikten gekommen wäre, hätte er sich glücklich geschätzt, eine solch erfinderische Frau als Sklavin mit nach Hause zu nehmen.

Am Ende des Tages erhitzte die Frau Wasser für Kimberys Bad und zog sie aus. Als das kleine Mädchen nackt durch die Kate lief und kreischte, dass sie nicht baden wollte, musste Brandr ein Lächeln unterdrücken. Schließlich schnappte ihre Mutter sie und setzte sie in die behelfsmäßige Wanne, die aus einem halben Bierfass gemacht war. Nach einer Weile ließen die Proteste des kleinen Mädchens nach und sie fing an im Wasser zu spielen, zu singen und mit dem Wasser zu spritzen. Bis sie sauber war, war das Kleid der Mutter durchnässt und jetzt wollte Kimbery nicht mehr aus der Wanne aussteigen.

Sie trat um sich und schrie, als ihre Mutter sie hochhob. Brandr war von den Possen der Kleinen amüsiert und musste laut lachen.

Avril wandte sich überrascht um. Der Nordmann lachte. Seine Augen glitzerten wie die Sonne auf dem Meer und seine Zähne waren so weiß wie Schnee. Aber sein tiefes Lachen raubte ihr den Atem. Sie hatte gar nicht gewusst, wie sehr sie dieses Geräusch vermisst hatte. Seit vier langen Jahren hatte sie keinen Mann mehr lachen gehört.

Und dann machte sich Kimbery nass und schlüpfrig Avrils Ablenkung zu Nutze, rutschte aus ihrem Griff und fing an durch die Kate zu laufen. Sie duckte sich unter dem Tuch durch, das Avril zum abtrocknen hochhielt, bis diese schließlich aufgab, da das kleine Mädchen beim Herumrennen von allein trocknen würde.

Das Lächeln des Wikingers wurde dann bittersüß und sein Blick war weit weg. Avril wusste sofort, dass er sich wohl an seine eigene Tochter erinnerte.

Sie zwang sich, ihren Blick abzuwenden und tupfte ihr feuchtes Kleid mit dem Tuch ab. Das ging sie nichts an. Seinen Leuten war es einerlei gewesen, wessen Kinder sie schlachteten, als sie Rivenloch überfielen. Warum sollte es ihr etwas ausmachen, was seiner Tochter passiert war? Und doch sprach sie ihn gegen ihren Willen an. „Wie hieß Eure Tochter?"

Er blickte hoch, als wäre er überrascht, dass sie seine Gedanken gelesen hatte. „Asta."

„Das ist ein hübscher Name."

„Sie war ein hübsches …", er erstickte fast an den Worten, „ein hübsches Mädchen."

Er sollte ihr nicht leidtun. Die Wikinger töteten andauernd hübsche piktische Mädchen. Aber in den Augen des Nordmannes war eine tiefe Traurigkeit, die an ihrem Herz zerrte.

„Wer ist Inga?" Die Worte purzelten ungebeten aus ihrem Mund und sie schämte sich. Das hätte sie ihn nie fragen dürfen. Er erinnerte sich wahrscheinlich gar nicht, dass er sie mit dem Namen angesprochen hatte oder dass er sie geküsst hatte.

Er blickte sie sofort an.

„Ihr habt ihren Namen im Schlaf gesagt", erklärte sie.

Er runzelte die Stirn. „Ich habe geträumt, dass sie lebt."

„Eure Ehefrau", erriet sie.

Er nickte.

Er musste sie sehr geliebt haben. Der Kuss war voller Zärtlichkeit und Verlangen gewesen. So seltsam es auch war, aber Avril beneidete die tote Frau. Seine glückliche Inga hatte die Liebe eines hingebungsvollen Ehemannes gekannt. Avril kannte nur die hirnlose Lüsternheit eines Wikinger Berserkers und einer Handvoll Männer, für die sie nichts empfand.

Genau in dem Augenblick hüpfte Kimbery an ihr vorbei. Bevor Avril sie einfangen konnte, sprang das kleine Mädchen auf den erschrockenen Nordmann zu. Sie ließ sich in seinen Schoß fallen und nahm sein mit blonden Bartstoppeln bedecktes Gesicht in die Hände.

„Papa!", rief sie.

Avrils Herz schlug ihr bis zum Hals. Die winzige, nackte Kimbery sah so verletzlich aus an der breiten Brust des Wikingers. Gott, er könnte ihre Hand mit einem Bissen abreißen wie der Wolf in seiner Geschichte.

Entsetzt blickte sie in sein Gesicht. Aber er sah noch viel fassungsloser aus als sie. Zweifellos war es nicht gewöhnt, dass fremde, nackte Kinder in seine Arme sprangen.

„Kimbery!", bellte sie. „Geh weg von ihm!"

Kimbery kletterte von ihm herunter und sah aus, als hätte sie ein schlechtes Gewissen. Wahrscheinlich hatte sie gar nicht ungehorsam sein wollen. Sie war nur so in ihr Spiel vertieft gewesen.

Avril wagte es nicht, sie glauben zu lassen, dass es in Ordnung war, sich mit Wikingern abzugeben. „Geh ins Bett. Jetzt."

„Ich wollte nicht."

„Jetzt!"

Das kleine Mädchen fing an zu weinen und Avril fühlte sich fürchterlich. Schließlich war sie noch vor einem Augenblick so glücklich gewesen. Aber Avril konnte es sich nicht leisten, unachtsam zu werden. Kimberys Leben hing davon ab.

Kimmie liefen die Tränen über die Wangen. Dann schluchzte sie ernsthaft und ging traurig zum Schlafzimmer.

Reumütig biss Avril sich auf die Lippe. Es war schwer Mutter zu sein. Manchmal dachte sie, dass es einfacher gewesen wäre, die Armee von Rivenloch zu befehlen, als auf ein kleines Mädchen aufzupassen.

Aber die schreckliche Erinnerung, wie der Berserker

seine Axt im Rücken des Kindes versenkte, würde nie verdrängt werden. Kimberys Schluchzen zehrte zwar an ihr, aber zumindest lebte sie und konnte schluchzen.

Als Avril die Badewanne weggeräumt hatte, schniefte Kimmie schon nur noch. „Mama?", rief sie vorsichtig aus dem Schlafzimmer. „Kommst du und erzählst mir eine Geschichte?"

Avril war versucht, ihr eine Geschichte über bösartige, wilde Eindringlinge aus dem Norden zu erzählen, um ihr ihre fehlgeleitete Zuneigung für ihren Gefangenen auszutreiben. Aber sie nahm an, dass das Mädchen dann nur Albträume haben würde. Stattdessen erzählte sie ihr eine Geschichte aus der Zeit, als sie ihre vier Brüder in einem Gefecht geschlagen hatte.

Im Nachbarzimmer hörte Brandr hingerissen zu. Die Frau erzählte eine großartige, typisch piktische Geschichte über eine Kriegerin, die sich als Mann verkleidet und gegen ihre eigenen Brüder gekämpft hatte. Eine gute Geschichte wie die Sagen seiner Leute – voller Aufregung, Abenteuer und Vergeltung – und die Frau hatte eine angenehme Stimme, die trällernd und auch dramatisch sein konnte.

„Der erste Bruder, Eldred", erzählte sie dem kleinen Mädchen, „war sehr arrogant und prahlerisch."

„Arrogant?", fragte Kimbery.

„So", sagte sie und Brandr hörte, wie sie im Zimmer umherging, wahrscheinlich mit verschränkten Armen und ihre Nase in die Luft gestreckt. „Auf jeden Fall war Eldred noch nie in einer Schlacht besiegt worden. Als dieser neue Krieger ihn also herausforderte, nahm er an und grüßte seinen Gegner mit einem angeberischen Schwingen seiner Klinge.

Sie fingen an zu kämpfen und der Kampf wogte hin und her."

Brandr konnte hören, wie sie sich bewegte und knurrte, während sie das Gefecht mit einem unsichtbaren Schwert zum Leben erweckte.

„Aber Eldred war sich so sicher, dass er gewinnen würde", sagte sie, „dass er begann, unvorsichtig zu werden. Und als er seine Deckung vernachlässigte und nicht aufpasste, duckte sich seine Schwester unter seinem Arm hindurch. Mit dem Griff ihres Schwertes schlug sie ihm fest auf sein Kinn und brachte ihn zu Fall."

Kimbery jubelte. „Was war mit den anderen Brüdern?"

„Grimbol, der zweite Bruder, war jähzornig. Als er sah, dass Eldred besiegt war, zog er sofort sein Schwert und eilte herbei. Er wollte den Krieger töten, der es gewagt hatte, seinen älteren Bruder zu demütigen."

„Was ist demütigen?"

„Zum Narren halten. Sie hatte seinen Bruder zum Narren gehalten und das machte ihn wütend. Aber sein Zorn erwies sich als sein eigener Untergang. Er fing an, willkürlich drauf loszuschlagen und ..."

„Was ist will-, will-"

„Willkürlich, auf eine wahllose Art und Weise, mit schlechter Zielgenauigkeit. Die meisten seiner Schläge zischten durch die Luft und jedes Mal, wenn er nicht traf, wurde er noch zorniger. Aber seine Schwester verwendete seinen eigenen Zorn gegen ihn. Als er auf sie zu stürzte, trat sie beiseite und gab ihm noch einen Schubs, sodass er mit dem Gesicht zuerst in den Dreck fiel."

Kimbery klatschte in die Hände. „Was ist dann passiert, Mama?"

„Der dritte Bruder hieß Osbern und er war ein Betrüger. Er beobachtete, wie der Fremde seine Brüder überlistete und besser als sie kämpfte und er wollte auch zum Zug kommen. Aber anstatt wie ein Ehrenmann auf seinen Kampf zu warten, griff er seine Schwester an, während sie ihm noch den Rücken zugewandt hatte."

Kimbery keuchte.

„Oh, sie war nicht überrascht. Sie wusste alles über Osberns Hinterhältigkeit und hatte ein solch schmähliches Verhalten erwartet. Sie sprang aus dem Weg und die Spitze seines Schwerts stieß in den Dreck neben ihr. Er ignorierte sämtliche Regeln der Ritterlichkeit und sprang sie an, wobei er sie auf den Boden ziehen wollte, wo er sie auf seine ehrlose Manier mit seinen Fäusten verprügeln könnte. Aber sie war leicht und schnell und sprang aus seiner Reichweite. Ein geschickter Schnitt mit dem Schwert und Osbern ging zu Boden, wobei ihm seine Hose um seine Füße hing."

Kimbery kicherte. „Und was ist mit dem letzten Bruder?"

„Als es Zeit war, gegen Wilfred, ihren letzten Bruder, zu kämpfen, nahm die Kriegerin ihren Helm ab und zeigte ihr Gesicht."

„Warum Mama?"

„Weil Wilfred glaubte, dass Frauen den Männern dienen müssten und sie wollte, dass er genau wusste, wer ihn besiegte."

„Was hat er gesagt, als er gesehen hat, wer sie war?"

„Er hat sie wüst beschimpft."

„Wie beschimpft?"

„So schlimm, dass ich es nicht wiederholen kann."

Darüber musste Brandr lächeln.

„Aber die anderen Brüder – Eldred, Grimbol und Osbern – waren schrecklich wütend, als sie herausfanden, dass sie von ihrer eigenen Schwester geschlagen worden waren. Also riefen sie Wilfred zu, dass er sie ordentlich verprügeln sollte."

„Oh, nay, Mama."

„Aber Wilfred bekam sie nicht zu fassen, weil sie beweglich und kräftig war. Während ihre Brüder faul herumgelegen hatten und mit ihren Fähigkeiten geprahlt hatten, hatte sie viele Stunden auf dem Übungsplatz verbracht. Schließlich schaffte sie es, ihm mit der Breitseite ihres Schwerts auf den Popo zu schlagen, sodass er in seine Brüder hineinstürzte."

Kimbery lachte fröhlich. „Auf seinen Popo geschlagen!"

Die Frau musste mitlachen, was Brandr zum Grinsen brachte.

„Aye. Und als sie alle besiegt hatte, lief ein Diener, der alles gesehen hatte, los, um es ihrem Vater zu erzählen. Ihr Vater war so stolz auf sie, dass er ihr ein wunderschönes, mit Edelsteinen besetztes Schwert zur Belohnung schenkte und er sagte, dass sie seine Domäne rechtmäßig erben sollte."

Ein seltsamer Schauer lief Brandr über den Rücken. Er blickte auf das mit Edelsteinen besetzte Schwert in der Ecke. Könnte die Geschichte wahr sein? Man sagte, dass piktische Frauen mit dem Schwert umgehen konnten. Könnte sie möglicherweise die unerschrockene Schwertkämpferin in der Geschichte sein? Sicherlich nicht.

Sicherlich war die Geschichte ausgedacht. Schließlich war die Heldin ihrer Geschichte eine reiche Erbin geworden. Diese Frau lebte in einer bescheidenen Hütte.

„Und hat sie glücklich bis ans Ende ihrer Tage gelebt, Mama?"

Sie zögerte. „Oh, bestimmt."

„Mama", verkündete Kimbery, „ich will ein Schwert."

„Du hast ein Schwert."

Brandr hob eine Augenbraue. Das kleine Mädchen hatte ein Schwert?

„Kein Schwert aus Holz. Ein echtes Schwert", sagte Kimbery.

„Wenn du älter bist."

„Und ich will Brüder, gegen die ich kämpfen kann", fügte sie hinzu.

„Das kann ich dir nicht versprechen."

„Ich will eine Kriegerin wie die Frau in der Geschichte werden."

Ihre Mutter schmunzelte. „Du wirst doppelt so gut wie die Frau in der Geschichte."

„Mama, können wir einen Übungskampf machen?"

„Morgen", versprach sie, „aber nur, wenn du gut schläfst."

Dann deckte sie ihre Tochter zu und verließ das Zimmer. Brandr musterte sie und beschloss, dass die Geschichte nicht wahr sein konnte. Sie konnte vielleicht mit dem Schwert umgehen, aber keine Frau mit einem solch lieblichen Gesicht konnte vier erfahrene Krieger besiegen.

KAPITEL 6

Am nächsten Morgen erwachte Brandr und hatte das ganze Gesicht voller Schaf. Er schnaufte und zuckte so weit nach hinten, wie er konnte, was nicht weit war, da sie ihn an der kurzen Leine hielt.

„Caimbeul mag Euch", informierte ihn Kimbery.

Er verzog das Gesicht, als der Geruch des Schafs ihn mit voller Kraft traf. „Igitt!"

„Mögt Ihr sie nicht?", fragte sie.

Er blinzelte das Schaf aus seinen Augen. Das kleine Mädchen hatte ihrer Mutter gehorcht und blieb außerhalb seiner Reichweite, aber sie hielt das Schaf an einem Seil und ließ es mit seinem krummen Maul an ihm schnüffeln.

„Sollte es nicht draußen sein?", flüsterte er.

„Psst. Sagt Mama nichts davon. Sie mag es nicht, wenn ich ..."

„Kimmie", ertönte eine schläfrige Stimme aus dem Schlafzimmer. „Mit wem sprichst du da?"

„Niemand."

Plötzlich hörte man das Rascheln von Decken und die

Frau eilte in das Zimmer. „Du gehst besser nicht so nahe an den Wi-..." Als sie sah, dass Kimbery in Sicherheit war, verschwand die Sorge aus ihren Augen. Dann sah sie das Schaf. „Wie ist das Schaf hier reingekommen?" Kimbery zuckte mit den Schultern.

„Caimbeul wollte meinen Papa sehen. Ich bringe es zurück."

„Ich habe dir schon hundertmal gesagt, Kimmie, dass Schafe im Haus nichts zu suchen haben. Und er ist nicht dein Vater. Und wenn du das Tier jetzt nicht sofort nach draußen bringst ..." Brandr hörte nicht hin, wie die Frau schimpfte.

Stattdessen betrachtete er ihre Kleidung. Bei Odin, sie trug nicht mehr als ein dünnes Leinenhemd, das vom Schlaf zerknittert war. Auf einer Seite war es heruntergerutscht und offenbarte ihre Schulter. Dort hatte sie eine blaue Tätowierung, wie er sie schon bei piktischen Kriegern gesehen hatte. Es war faszinierend, dass der Knoten mit den drei Schleifen keinen Anfang und kein Ende hatte. Ihr Haar war zerzaust. Ihre Füße waren nackt und das ausgefranste Hemd offenbarte ihre Waden und ihr Fußgelenk, an dem auch eine Tätowierung in Form eines zerbrochenen Schwertes angebracht war. Aber am verlockendsten war ihr Mund. Jetzt erinnerte er sich an diesen Mund. Er hatte sie geküsst und ihre Lippen waren so süß und weich wie wilde Brombeeren gewesen.

Seine Lenden spannten sich an und aus Schuldgefühl biss er die Zähne zusammen gegen das Verlangen. Aber nur mit Willenskraft konnte er es nicht verschwinden lassen und während die Frau das Schaf und ihre Tochter aus der

Kate trieb, kämpfte Brandr, dass er seine Gedanken auf Überleben und Flucht konzentrierte, und nicht auf die schöne, weibliche Silhouette, die von der Morgensonne offenbart wurde, als sie die Tür öffnete.

Avril schimpfte im Stillen mit sich, dass sie verschlafen hatte. Kimbery in Sicherheit zu halten bedeutete, dass sie aufstand, bevor das kleine Mädchen sich in Gefahr bringen konnte. Und heute Morgen hatte sie sich wirklich in Schwierigkeiten gebracht, dass sie das Schaf in die Kate gelassen hatte. Avril überlegte, ob sie in dem Alter auch so anstrengend gewesen war.

Von der Tür aus beobachtete sie, wie Kimmie das Schaf zurück in sein Gehege brachte. „Achte darauf, dass du das Tor schließt", rief sie.

Dann wandte sie sich um und sah, dass der Nordmann sie anstarrte. Er sah aus wie ein Krieger, ernst und bereit für die Schlacht. Sein Kinn war angespannt. Seine Brust hob und senkte sich, als er tief durchatmete, während sein Blick sie von oben bis unten musterte. Schließlich begegneten sich ihre Blicke.

Hitze durchfuhr sie wie ein Blitz, als sie seinen Gesichtsausdruck erkannte. Sie hatte Unrecht gehabt. Das war nicht die Mordlust eines Kriegers. Es war reines und unverblümtes Verlangen. Ihr stockte der Atem und sie errötete. Aber sein eisig blauer Blick löschte das Feuer nicht, sondern trieb ihre Qual noch weiter an.

Sie ballte die Hände zu Fäusten. Sie sollte ihn verfluchen, ihn verprügeln, ihn treten. Aber sie tat nichts. Der Drang ihn zurückzuweisen war stark, aber die zwingende Lüsternheit in seinen Augen war noch stärker.

Sie strich mit der Zunge über ihre Lippen. Gegen ihren Willen fiel ihr Blick auf seinen Mund. Sie erinnerte sich an die leichte Berührung seiner Hände auf ihrem Gesicht, der Wärme seines Atems und an den Geschmack seines Kusses. Es machte ihr Angst, dass ein Teil von ihr sich danach sehnte, dies wieder zu spüren.

Und wenn in dem Augenblick Kimbery nicht hereingeplatzt wäre, wusste sie nicht, was passiert wäre.

„Mama! Mama!", rief Kimbery, hüpfte auf und ab und schwang ihr hölzernes Schwert. „Übe mit mir! Übe mit mir!"

Avril räusperte sich. Natürlich. Übungskämpfe hatten ihr immer geholfen, wenn ihre Gefühlslage aus der Bahn geraten war. Sie konnte ihr Schwert in die Hand nehmen und auf Zorn, Angst und in diesem Fall Verlangen einschlagen und sie ordentlich besiegen, bevor sie die Oberhand bei ihr gewannen.

„Du hast es mir versprochen", erinnerte Kimbery sie.

„Das stimmt. Ich will mich nur ... anziehen." Sie errötete, als sie merkte, dass sie im Nachthemd herausgeeilt war. Kein Wunder, dass der Nordmann sie so anschaute.

Sie mied seinen Blick, als sie an ihm vorbei ging, konnte die Unterhaltung zwischen dem Wikinger und ihrer Tochter aber nicht ausblenden, während sie sich im nächsten Zimmer anzog.

„Habt Ihr ein Schwert?", fragte Kimbery.

„Ich hatte eins."

„Was ist damit passiert?"

„Ich habe es im Meer verloren."

„Vielleicht kann Mama Euch ein neues besorgen."

„Kimbery", warnte Avril, „sprichst du mit dem Mann?"

„Nay", log sie. „Ich spreche mit Maeve."

Danach hörte Avril nur noch flüstern, bis sie wieder herauskam.

„Schaut, Papa!", rief Kimbery und sprang mit ihrem hölzernen Schwert umher, als würde sie gegen einen unsichtbaren Feind kämpfen.

Aber die Augen des Normannen waren auf Avril fixiert, als wenn sonst nichts existierte.

Brandr stockte der Atem. Er hatte Geschichten über weibliche piktische Kriegerinnen gehört, aber er hatte noch nie eine Frau gesehen, die so gekleidet, oder eher unbekleidet war. Sie trug nur ihr ärmelloses Kleid ohne das Leinen Unterkleid, damit sie mehr Bewegungsfreiheit hatte und das blaue Muster auf ihrer Schulter und ihren schlanken muskulösen Armen war zu sehen. An ihren Hüften trug sie den ledernen Schwertgurt, der mit komplizierten Mustern verziert war. Sie hatte ihr Kleid in den Gürtel gesteckt, sodass es nur halb über ihre Oberschenkel reichte und ein Paar lange, schöne Beine offenbarte, die in kurzen Robbenfell Stiefeln steckten.

Wenn er gedacht hatte, dass der Anblick der Frau in ihrem Nachthemd verlockend gewesen war, so war das kein Vergleich zu dem Anblick, wenn sie für die Schlacht gekleidet war. Vielleicht war das das Geheimnis der piktischen Kriegskunst. Welcher Feind konnte gegen eine solche Schönheit kämpfen?

„Schaut! Schaut zu mir!", brüllte das kleine Mädchen,

während sie umhersprang. Brandr brauchte seine ganze Willenskraft, um seinen Blick von der atemberaubenden Mutter des Mädchens abzuwenden.

„Kimbery, nicht im Haus", schimpfte sie.

„Aber ich will, dass Papa mich sieht."

„Wir lassen die Tür auf." Sie warf ihm einen Blick zu, der sagte, dass die Tür nicht offenstehen würde, damit er das kleine Mädchen beobachten könnte, sondern, damit sie ein Auge auf ihn haben könnte.

Das war im ganz recht. Nachdem er die Nacht angebunden mit einem vor Schmerzen pochenden, gebrochenen Arm verbracht hatte und aufgewacht war, als ein stinkendes Schaf an seinem Ohr schnüffelte, war er der Meinung, dass er es verdient hatte, zuzuschauen, wie eine halbnackte Frau umhersprang.

Aber was als angenehmer Zeitvertreib begann, entwickelte sich schnell zu einer Qual. Es war mehr als ein Jahr her, seit Brandr bei einer Frau gelegen hatte und sein Körper reagierte so eifrig wie ein hungernder Mann bei einem Festmahl. Während die Frau zur Vorbereitung ihre Dehnübungen machte, höhnte sie ihn unwissentlich mit ihren straffen, schlanken Armen und seidigen Oberschenkeln. Ihr Kleid klebte an ihrem Körper und offenbarte jede weibliche Kurve. Wenn sie sich drehte, um die Richtung zu ändern, flog es hoch und er konnte nicht anders, als auf etwas mehr zu hoffen.

Sie hockte sich neben ihre Tochter und erklärte ihr etwas und sein Blick fiel auf ihre Knie. Sie legte die Arme um Kimbery und zeigte ihr, wie sie das Schwert halten sollte und dabei beobachtete er das Spiel der Muskeln in ihrer Schulter. Sie stand breitbeinig da und er bewunderte ihre wohlgeformten Waden.

„Könnt Ihr mich sehen?", rief Kimbery ihm zu.

Schuldbewusst zuckte er zusammen. „Aye", krächzte er. In Wahrheit hatte er sie kaum eines Blickes gewürdigt, weil er so von ihrer Mutter fasziniert war.

„Pass auf, Kimbery", warnte die Frau. „Lass dich nicht ablenken."

Das kleine Mädchen schlug mit ihrem hölzernen Schwert auf ihre Mutter ein und die Frau verteidigte sich leicht, in dem sie langsam und vorsichtig mit ihrer eigenen Stahlklinge nach vorn kam. Er hatte noch nie gesehen, wie eine Frau ein Schwert schwang und ihr Können überraschte ihn. Er überlegte, wie gut sie war, wenn sie sich bei ihren Schlägen nicht zurückhalten musste.

Natürlich wäre sie einem Wikinger nicht gewachsen. Aber es war bewundernswert, dass sie ihrer Tochter nützliche Kampftechniken beibrachte. Das würde verhindern, dass das kleine Mädchen leichte Beute wäre.

Er beobachtete weiter, wie sie die richtige Schildtechnik demonstrierte und Kimbery zeigte, wie man Schlägen auswich und die beiden übten, wie man auf den Boden hechtete und mit kampfbereiter Klinge wieder hochkam.

Während sie übten, lösten sich Strähnen aus dem Zopf der Frau. Ihre Wangen wurden rot, ihre Haut glühte und sie atmete schwer von der Anstrengung. Sie erinnerte ihn an die Frauen, die er in seinem Bett glücklich gemacht hatte, als er noch nicht verheiratet und ein sorgloser, vor Manneskraft strotzender junger Mann gewesen war. Plötzlich sehnte er sich danach, ihr das Schwert abzunehmen, sie weg zu tragen, ihre Röcke hoch zu heben und sein Verlangen an ihrem erhitzten Körper zu erleichtern. Und das beunruhigte ihn zutiefst.

Avril fand es schwierig, sich zu konzentrieren, solange der Nordmann sie anstarrte. Sie erwiderte seinen Blick nicht, aber sie spürte, dass er sie ansah. Sie hatte die Tür aus mehr als einem Grund aufgelassen. Aye, sie wollte ein Auge auf ihn haben, weil sie ziemlich sicher war, dass er bereits einen Fluchtversuch unternommen hatte, aber sie wollte ihn auch sehen lassen, dass sie keine normale zarte Frau war. Sie konnte sich mit dem Schwert behaupten. Und sie würde ihm einen ordentlichen Kampf liefern, wenn er versuchte, sie herauszufordern. Sie war einmal Opfer gewesen. Sie wollte dies nicht wiederholen.

„Habt Ihr mich gesehen, Papa?", rief Kimbery, nachdem sie eine perfekte Vorwärtsrolle gemacht hatte und mit ihrem hölzernen Schwert nach vorn gesprungen war.

„Aye", rief er zurück, „gut gemacht." Aber sein Blick lag nicht auf Kimbery. Er schaute wieder zu Avril mit dieser schwelenden Hitze wie ein Wolf, der im Begriff war, ein Lamm zu verschlingen.

Sie schluckte. Keiner hatte sie jemals mit einem solchen Hunger angeschaut. Ihre Knie wurden weich und ihr wurde am ganzen Körper warm. Auf Grund der seltsamen Anziehung zwischen ihnen erfüllten Blitze die Luft mit Spannung. Das Gefühl nahm ihr ihre ganze Willenskraft und erfüllte sie mit einer Sehnsucht, Dinge gegen ihre Natur zu machen – zu ihm hinzugehen, ihn zu berühren, ihn zu küssen – was ihr Angst machte, weil ihr Schwert eine nutzlose Waffe gegen ihr eigenes Verlangen war.

Aber die Angst verwandelte sich schnell in Selbsthass und dann in Zorn. Ihre eigensinnigen Gefühle beunruhigten sie und sie rief sich ins Gedächtnis, dass er ihr Feind war, dass seine Sorte ihre Leute ermordet und ihr eigenes Leben ruiniert hatte und dann unterbrach sie den Blick und versuchte sich wieder auf ihre Übungen mit Kimbery zu konzentrieren.

„Mama, ich möchte mit Papa üben", sagte das kleine Mädchen und hüpfte im Kreis.

Sie schlug ihr Schwert heftig durch die Luft und bellte: „Nenn ihn nicht so!"

Kimbery hörte auf zu hüpfen. „Wie soll ich ihn denn nennen, Mama?"

Avril fielen Dutzende Namen für einen Wikinger ein, aber keiner davon war für die Ohren eines Kindes geeignet. Bevor sie einen davon auswählen konnte, antwortete er.

„Brandr", rief er aus der Kate. „Mein Name ist Brandr."

Es war ein starker Name, ein starker Name für einen starken Mann. Aber sie wollte seinen Namen gar nicht wissen. Seinen Namen zu wissen, machte alles noch schlimmer. Es war einfach, ihn zu verachten, wenn er einfach ein Wikinger, ein Nordmann oder ein Plünderer war. Wenn man ihn Brandr nannte, wurde aus ihm ein Mann aus Fleisch und Blut.

„Kann Brandr mit uns kämpfen, Mama?"

„Nay."

„Warum nicht?", fragte Kimmie.

Er antwortete, bevor sie Gelegenheit dazu hatte. „Ich will dich nicht verletzen, Kleines."

Darüber musste Avril grinsen. „Er hat Angst, dass er verlieren könnte."

Brandr hob eine Augenbraue und lächelte sie arrogant an. „Noch nicht einmal mit einem gebrochenen Arm."

Sein Grinsen ließ sie erschaudern. Sie hoffte, dass sie vor Abscheu erschauderte. Sie fürchtete aber, dass es etwas anderes war, etwas, das sie dazu brachte, dass sie sich übermütig und verwegen fühlte, schon fast verrückt genug, um ihn zu befreien und ihn es fast ... versuchen zu lassen.

Aber sie war keine Närrin. Sie konnte sich von ihm nicht ködern lassen.

„Ich heiße Kimmie", informierte Kimbery ihn und hielt ihr Schwert hoch über ihrem Kopf. „Und Mama heißt Avril."

Avril erstickte fast. Sie wollte nicht, dass er ihren Namen wusste. Der Austausch der Namen zeigte eine Intimität an, die sie nicht ermutigen wollte.

„Ich freue mich, dich kennen zu lernen, Kimmie", sagte er mit einem höflichen Nicken. Ihr Name kam jedoch wie ein Schnurren „Avril."

Sie ärgerte sich. Genau deswegen hatte sie namenlos bleiben wollen. Schon jetzt sagte er ihren Namen, als wären sie Liebende. Schon jetzt fühlt es sich an, als würde er ihr unter die Haut gehen.

„Nun komm schon, Kimmie", sagte sie und schüttelte den unangenehmen Schauder ab, der sie gerade überkam. „Wir wollen dem Wikinger zeigen, was wir mit Männern machen, die glauben, dass sie uns wehtun können."

Sie wollte ihm klarmachen, dass mit den Damen von Rivenloch nicht zu spaßen war und man sie nicht unterschätzen sollte. Aber sie war auch besorgt, dass seine Kameraden vom Schiff auftauchen könnten. Also lehrte sie Kimbery zusätzlich zum normalen Schwertkampf ein paar nützliche Verteidigungsstrategien. Sie zeigte ihr, wie sie einem Feind mit den Ellbogen in den Bauch schlagen, mit ihren Fersen fest auf seine Zehen treten, mit den Zähnen in Finger beißen und einen Mann dahin treten könnte, wo es am meisten wehtat.

Sie war so sehr darin vertieft, Kimbery Überlebensstrategien zu lehren, dass sie die Gestalt, die sich zur Kate schlich, erst bemerkte, als es zu spät war. In dem Augenblick, als sie das aufblitzen von Metall sah, wurden ihre schlimmsten Befürchtungen wahr. Es konnte niemand anderes sein als die Kameraden des Nordmannes, die gekommen waren, um nach ihm zu suchen.

Ohne einen weiteren Blick hob sie Kimbery hoch und schob sie in Richtung Tür. „Lauf!"

Dieses eine Mal hinterfragte Kimbery ihre Anweisungen nicht, sondern eilte nach drinnen.

Ihr Gefangener jedoch rief: „Sind das meine Männer?"

Sie antwortete ihm nicht. Diese Befriedigung gönnte sie ihm nicht. Mit gezogenem Schwert drehte sie sich um und stellte sich der kommenden Bedrohung, wobei ihr Herz heftig schlug.

Aber es waren nicht seine Männer. Es war ihr Nachbar - jener, welcher ihr das Schaf gegeben hatte. Erleichtert senkte sie die Schultern. Während sie beobachtete, wie der Mann näherkam, sah sie, dass er kein Schwert, sondern einen Spaten in der Hand hielt.

„Erik!", rief Brandr von hinter ihr. „Gunnarr!"

Ihre Augen weiteten sich. Verflucht! Sie konnte es nicht zulassen, dass ihr Nachbar den Nordmann fand.

Sie drehte ihren Kopf und zischte ihm zu. „Psst! Das sind nicht Eure Männer!"

Das letzte, was sie sah, bevor sie auf die Tür zustürzte und diese zuschlug, war das verblüffte Stirnrunzeln des Wikingers.

Brandr stieß einen lauten Fluch aus. Unglücklicherweise erschreckte er das kleine Mädchen, das jetzt aussah, als wollte sie in Tränen ausbrechen.

„Psst, Kimmie. Es tut mir Leid", tröstete er sie. „Es ist schon gut."

Aber er war sich nicht so sicher. Er wünschte, die Frau hätte die Tür nicht zugeschlagen. Wenn da draußen nicht seine Männer waren, wer war es dann? Diebe? Mörder? Obwohl ihm klar war, dass es völlig paradox war, weil Avril schließlich seine Feindin war, stieg sein Instinkt, Frauen über alles andere zu beschützen in ihm auf. Wer auch immer da draußen war, stellte offensichtlich eine Bedrohung für sie dar. Sonst hätte sie Kimbery nicht in die Kate geschickt.

Er musste etwas unternehmen.

Kimberys Kinn zitterte und sie senkte ihr hölzernes Schwert. „Aber Mama ..."

„Psst Kimmie", tröstete er sie. „Es ist schon gut. Psst."

„Ich muss Mama kämpfen helfen", beschloss sie und machte sich auf den Weg zur Tür.

„Nay!" Bei seiner scharfen Stimme zuckte sie zusammen. „Nay, Süße", sagte er etwas leiser. „Deine Mama will, dass du hierbleibst und ruhig bist. Darum hat sie die Tür geschlossen."

Aber selbst, während er die Worte sagte, fand er das

Urteilsvermögen der Frau fragwürdig. Warum war sie nicht auch nach drinnen geeilt und hatte die Tür verriegelt? Warum glaubte sie, dass sie mit der Bedrohung allein fertig werden könnte? Die Närrin würde getötet werden.

Verdammt, dachte er, als er am Lederband zog, er konnte den Gedanken nicht ertragen, dass eine Frau sich der Gefahr alleine stellte, während er hier hilflos saß. Wenn er sich nur losmachen könnte, dann könnte er die Eindringlinge verjagen.

Er blickte zu dem kleinen Mädchen. Vielleicht könnte er sich doch befreien.

„Kimmie", sagte er, „wenn du mir hilfst, kann ich deiner Mama helfen."

Sie schaute ihn skeptisch an.

„Du musst mein Lederhalsband aufmachen. Glaubst du, dass du das kannst? Glaubst du, du kannst ..."

„Mama hat gesagt, dass ich nicht in Eure Nähe gehen soll."

Brandr unterdrückte einen Fluch. „Aber sie braucht meine Hilfe. Ich bin groß und stark und ich kann kämpfen ..."

„Ich bin stark", sagte sie. „Mama hat das gesagt."

Er knurrte frustriert und ängstigte das kleine Mädchen erneut. Wieder ging sie zur Tür.

Seine Augen weiteten sich. „Nay, nay, nay, nay, nay." Er musste sie in der Kate halten. Das schlimmste wäre jetzt, wenn sich beide Frauen außerhalb seiner Sichtweite befänden. „Kimmie, nay, Kimmie", sagte er eindringlich, als ihre kleine Hand den Riegel berührte. „Komm von der Tür weg. Bitte. Ich ..." Er versuchte sich zu erinnern. Wie hätte er seine eigene Tochter davon überzeugt, dass sie dablieb? „Ich erzähle dir noch eine Geschichte."

Sie zögerte.

„Aye, komm und setz dich hier ans Feuer und ich erzähle dir eine Geschichte über Muspell, dem Land der Feuerriesen."

Sie schürzte die Lippen.

„Und Niflheim, wo die Waldriesen leben", fügte er hinzu.

Sie runzelte die Stirn.

„Und Audhumia, die Riesenkuh."

„Riesenkuh?"

„Aye. Die Riesenkuh, die den Göttern das Leben eingehaucht hat."

Sie ließ den Riegel los und kam zum Kamin und er atmete erleichtert durch. Er könnte vielleicht nicht Avril retten, aber er könnte zumindest ihre Tochter in Sicherheit halten.

Kimbery saß im Schneidersitz mit ihrem Schwert auf ihrem Schoß und er begann, eine Geschichte zu erzählen, die er seinen Kindern oft erzählt hatte, die Geschichte der Schöpfung der Erde. In der Zwischenzeit bemühte er sich vergeblich zu hören, was draußen passierte. Das kleine Mädchen war fasziniert von der Geschichte und kam immer näher zu ihm. Trotz der strengen Anweisung ihrer Mutter lag sie schließlich halb auf seinem Schoß.

KAPITEL 7

Avril glaubte, dass sie verrückt sein musste, dass sie den Nordmann deckte. Ihr Nachbar erzählte, dass er Teile eines Wikinger Schiffs gefunden hatte. Er war gekommen, um sie zu warnen, dass sie achtsam sein sollte und mit viel männlichem Getue versicherte er ihr, dass er auf der Jagd nach dem Ungeziefer war, das zu dem Schiff gehörte, wobei er zum Beweis seinen Spaten hob.

Sie hätte ihm den Wikinger an Ort und Stelle überstellen sollen. Das hätte ihr Leben mit Sicherheit leichter gemacht. Brandr wäre aus ihrem Haus, weg von ihrer Tochter und nicht mehr ihr Problem.

Aber sie konnte den Gedanken nicht ertragen, dass er mit einer Schaufel zu Tode geschlagen würde und das hatte ihr Nachbar zweifellos vor.

Also log sie den Mann an und behauptete, dass sie keine Anzeichen von Nordmännern gesehen hätte, aber falls sie etwas bemerkte, würde sie ihm sofort Bescheid geben. Sie dankte ihm für seine Besorgnis und er lächelte gezwungen bis er außer Sichtweite war.

„Sehr gut", murmelte sie zu sich selbst. „Jetzt verstecke ich auch noch einen Gesetzlosen."

Sie drückte die Tür auf und schimpfte sich selbst als Närrin und dann erstarrte sie, als sie die Szene vor sich sah.

Ihr stockte der Atem. Bei Gott, sie war eine Närrin! Während sie gelogen hatte, um ihn zu beschützen, hatte der listige Wikinger ihre Tochter auf seinen Schoß gelockt. Kimbery lag dort ausgestreckt wie ein liebeskranker junger Hund. War das der Dank, dass sie Brandrs wertlose Haut gerettet hatte?

„Mama!", rief Kimbery, rannte auf sie zu und umarmte sie an den Oberschenkeln. „Papa ... ich meine Brandr hat mir eine Geschichte über eine Riesenkuh und Frostriesen und die Zwerge erzählt, die den Himmel oben halten!"

„So?" Avril lächelte ihrer Tochter zuliebe. Erleichtert hielt sie Kimbery fest an sich gedrückt und war dankbar, dass er sie unbeschadet hatte gehen lassen, auch wenn sie nicht wusste, warum. Schließlich war Kimbery ihm ausgeliefert gewesen und er hätte sie im Handel um seine Freiheit einsetzen können.

Brandr schien ihre Verwirrung nicht zu bemerken. Er warf ihr einen finsteren Blick zu und musterte sie von Kopf bis Fuß. „Geht es Euch gut?"

Sie blinzelte und war noch verblüffter. „Aye. Warum nicht?"

„Wer war da draußen?" Die Falte auf seiner Stirn wurde noch tiefer und er ballte die Hände zu Fäusten, als wollte er sie benutzen.

„Mein Nachbar. Er kam, um mir zu sagen ..." Plötzlich dämmerte es ihr. „Hattet Ihr ...?" Sie schaute ihn ungläubig

mit zusammen gekniffenen Augen an. „Ihr hattet ... Ihr hattet Angst um mich.“

Er schaute finster und war gereizt, aber er konnte es nicht leugnen und das gefiel ihr.

„Also“, sagte sie fasziniert, „wenn ich es nicht besser wüsste, würde ich sagen, dass Ihr versucht habt, mich zu beschützen.“

Er schaute spöttisch. Aber einen Augenblick später blickte er sie fragend an, senkte seine Schultern und entspannte seine Hände. „Wartet. Euer Nachbar?“ Er verzog den Mund zu einem schiefen Grinsen. „Und habt Ihr ihm von Eurem Wikingerpreis erzählt?“

Sie erstarrte.

Er schmunzelte. „Also, wenn ich es nicht besser wüsste, würde ich sagen, dass Ihr versucht habt, mich zu beschützen.“

Sie konnte es nicht leugnen.

Er schüttelte den Kopf. „Was sind wir doch für ein Paar.“

Fürwahr, was für ein Paar, dachte Avril. Eigentlich sollten sie einander verachten. Der Krieg zwischen ihren Völkern dauerte nun schon mehr als fünfzig Jahre. Er war ein blutrünstiger Wikinger und sie war eine Piktin, die ihn an die Leine gelegt hatte. Sie hatte die Kate, die er hatte erobern wollen, zu seinem Gefängnis gemacht. Wenn sie sich auf dem Schlachtfeld gegenübergestanden hätten, hätte sie ihr Schwert gezogen und sein Herz durchbohrt.

Aber als sie in seine funkelnden blauen Augen schaute, sein verlockendes Grinsen sah und seinen ... prächtigen Körper betrachtete, fiel es ihr schwer, Abscheu zu empfinden.

„Mama, hast du ihm auf den Popo geschlagen?"

Avril erschrak. „Wem, dem Nachbarn?" Sie schüttelte den Kopf. „Er war nicht gekommen, um zu kämpfen. Er wollte nachsehen, wie es Caimbeul geht."

„Oh."

Brandrs und ihre Blicke begegneten sich und er nickte ihr kaum bemerkbar zum Dank zu, wobei sie sich nicht sicher war, dass sie das verdiente. Sie machte einen Fehler, dass sie ihn nicht überstellt hatte. Je länger er hier war, desto schwieriger würde es werden, ihn loszuwerden. Zum Teufel, ihre eigene Tochter kletterte bereits auf den Schoß des Wikingers, als wäre er ihr geliebter Großvater.

Kimbery hüpfte auf und ab. „Mama, ich will eine Riesenkuh!"

Avril schaute den Nordmann vorwurfsvoll an. Was für einen Unsinn hatte er Kimbery jetzt schon wieder erzählt?

Brandr diskutierte mit dem kleinen Mädchen. „Aber wie willst du sie melken? Das würde den ganzen Tag brauchen. Und deine Hände sind zu klein."

„Ihr könntet das machen", schlug Kimbery vor. „Ihr habt große Hände."

Avril biss sich auf die Lippe. Er hatte wirklich große Hände ... und große Füße ... und große Schultern ...

Er schmunzelte. „Ich bin keine Melkerin", erklärte er Kimmie. „Ich bin ein Krieger."

Seine Worte trafen Avril plötzlich bis ins Mark. Sie war auch keine Melkerin. Sie sollte eigentlich eine Burgherrin sein. Aber manchmal kamen die Dinge anders und man musste sich anpassen, um zu überleben.

„Wir können uns nicht alle unser Schicksal aussuchen",

sagte sie mit eisiger Stimme. „Wenn Ihr hierbleiben wollt, gewöhnt Ihr Euch besser daran, dass Ihr Euch auch um Tiere kümmern, fischen und Zäune reparieren müsst. Es ist nicht einfach hier zu überleben."

Dann wurde ihr klar, was sie gerade gesagt hatte - *Wenn Ihr hierbleiben wollt.*

Was hatte sie sich dabei gedacht? Er war kein Tier, das sie zähmen und anbinden konnte. Er war ein wildes und gefährliches Ungeheuer, das sich in dem Augenblick, wo es frei war, auf sie stürzen würde.

Aber er hätte Kimbery etwas zuleide tun können und hatte es nicht getan. Stattdessen hatte er dem kleinen Mädchen irgendeine fantasievolle Geschichte über eine Riesenkuh erzählt, um es ruhig und sicher vor den Gefahren draußen zu halten.

Warum? Hoffte er, dass er sie überreden könnte, ihn frei zu lassen? Das konnte sie nicht tun. Sie würde ihn vielleicht nicht in die Hände eines mit einem Spaten bewaffneten Nachbarn überstellen, aber sie würde auch keinen als Plünderer bekannten Mann auf ihre arglosen Landsleute loslassen.

Kimbery schwang ihr hölzernes Schwert. „Meine Mama ist eine Kriegerin", sagte sie. „Und ich werde auch eine Kriegerin sein. Wenn ich groß bin, gehen wir nach Rivenloch zurück."

„Kimmie!" Avril errötete. Sie wollte nicht, dass der Fremde alles über ihre Vergangenheit erfuhr. „Das interessiert ihn nicht."

„Was ist Rivenloch?", fragte er.

„Das ist Mamas Burg. Ich werde den Schwertkampf

lernen und dann besorgen wir uns eine Armee und nehmen meinen bösen Onkeln die Burg weg, die ..."

„Kimmie, das reicht! Geh jetzt und mach deinen Mittagsschlaf."

Kimbery trabte fröhlich ins Schlafzimmer. Aber der Schaden war bereits angerichtet. Brandr starrte sie nun mit unverhohlenem Interesse an. „Böse Onkel?"

Obwohl er die entfernte Möglichkeit in Betracht gezogen hatte, war ihm noch nicht ernsthaft der Gedanke gekommen, dass die Frau und ihre Tochter etwas anderes als einfaches Bauernvolk waren und wegen einer unglücklichen Begegnung mit Berserkern verstoßen worden waren.

Er musterte sie jetzt gründlicher und stellte sie sich in den feinen Gewändern einer adligen Frau vor. Das war nicht schwer.

„Es ist nur eine Geschichte", murmelte sie, „eine Erfindung wie Eure Riesenkühe und Schneeriesen."

„Frostriesen", berichtigte er sie. Sie war keine sehr gute Lügnerin. „Und die Geschichte von Audhumia ist wahr."

Sie verschränkte die Arme und grinste ihn an. „Wirklich? Zwerge?"

Er runzelte die Stirn. „Und wie glaubt Ihr, bleibt der Himmel oben?"

Kopfschüttelnd stellte sie ihr Schwert in die Ecke.

Auch wenn sie versuchte, es als unwichtig abzutun, wurde Brandr das Gefühl nicht los, dass an ihrer Geschichte mehr dran war.

Avril hatte ausreichend Gelegenheit gehabt, ihn zu töten und sogar die Gelegenheit, ihn an einen anderen

zu überstellen, der ihn töten könnte. Und doch hatte sie es nicht getan. Sie hatte ihm Gnade gezeigt – ihm zu essen gegeben, Unterschlupf gewährt und sich um seinen gebrochenen Arm gekümmert – wobei jeder andere ihn hätte leiden lassen. Obwohl er ihr Feind war, hatte sie ihn mit Respekt, Weisheit, Anstand und Ehre behandelt. Sie schien eine ähnliche Erziehung genossen zu haben wie er – mit den Eigenschaften, die notwendig waren, dass Gefolgsleute inspiriert wurden und Krieger befehligt werden konnten. Es war nicht schwer, sich vorzustellen, dass sie die Frau war, die um das mit Edelsteinen besetzte Schwert gekämpft hatte, dass ihre vier Brüder Kimberys böse Onkel waren und dass sie sich ihr Unglück zu Nutze gemacht hatten, um ihr ihr Erbe wegzunehmen.

Er und Avril mussten also beide von den Göttern verflucht worden sein. Er hatte seine Familie, seine Männer und sein Schiff verloren. Sie hatte ihre Unschuld, ihr Geburtsrecht und ihr Land verloren. Sie waren Seelenverwandte. Entgegen besseren Wissens wollte er mehr über diese furchtlose Frau herausfinden.

„In der Geschichte, die ihr Eurer Tochter erzählt habt", begann er, als sie mit einem Stock in den Kohlen im Kamin herumstocherte, „wo ist denn dieses Rivenloch?"

Sie zuckte mit den Schultern. „Es ist ein Ort der Fantasie."

„Eure Tochter scheint anderer Meinung zu sein."

Sie hob eine Augenbraue in seine Richtung. „Meine Tochter glaubt, dass sie ein Selkie ist, dass ihr Schaf mit ihr spricht und Ihr ihr Vater seid."

Da hatte sie wohl Recht. „Aber Ihr lehrt sie, mit einem Schwert zu kämpfen."

„Aye, damit sie sich beschützen kann vor … ", sie schaute ihn flüchtig an und er war sicher, dass sie hatte „Wikingern" sagen wollen. Stattdessen sagte sie aber: „Angreifern."

Er nickte. „Wo habt Ihr gelernt zu kämpfen?"

„Alle piktischen Frauen können kämpfen", sagte sie stolz. „Können Wikingerfrauen nicht kämpfen?"

„Sie müssen es nicht. Sie haben Wikingermänner, die sie beschützen."

„Tatsächlich?" Sie musterte ihn kurz, als würde sie ein Pferd bewerten. „Und wer beschützt sie vor den Wikingermännern?"

Er schaute finster, als er merkte, dass sie es ernst meinte.

Avril hatte den eisernen Griff des Nordmannes an ihrem Handgelenk gespürt. Sie hatte seine geschwollenen Muskeln gesehen. Er hatte die Schultern eines Ochsen und war mindestens einen Kopf größer als alle anderen, die sie kannte. Was würde einen Mann wie ihn aufhalten, wenn er etwas von einer Frau wollte?

„Das Gesetz beschützt sie", antwortete er schließlich, als wenn das offensichtlich wäre.

„Das Gesetz", spottete sie. „Meint Ihr das Gesetz, das *Männer* machen und durchsetzen?"

„Männer und Frauen."

Skeptisch hon sie eine Augenbraue.

Er runzelte die Stirn. „Ist es hier nicht so? Habt Ihr kein *Althing*?"

„Althing?"

„Eine Versammlung aller Dorfbewohner." Sie wartete, dass er fortfuhr. „Eine Versammlung, bei der die Regeln festgelegt werden." Als sie schwieg fügte er hinzu, „von allen."

„Von allen Dorfbewohnern?", fragte sie zweifelnd.

„Von allen, die daran teilnehmen möchten."

„Männer *und* Frauen?"

„Natürlich."

Daraufhin schwieg Avril. Sie starrte sehnsüchtig in das Feuer und wünschte sich, dass es bei ihren Leuten auch so wäre. Ihr Vater hatte verstanden. Er hatte geglaubt, dass Frauen ebenso fähig wie Männer wären. Darum hatte er sie zur Erbin gemacht. Aber die meisten Männer waren wie ihre Brüder, die glaubten, dass der Platz einer Frau unter dem Stiefel eines Mannes war.

„In meinem Land", fügte Brandr leise hinzu, „hätte die Kriegerin in Eurer Geschichte niemals ihre Burg verloren."

Avril biss sich auf die Lippe.

Er fuhr fort. „Jeder, der sich ihrer Herrschaft verweigert hätte, wäre ins Exil geschickt worden."

Sie hatte einen Kloß im Hals. So hätte es sein sollen. Stattdessen war sie ins Exil geschickt worden.

Er fuhr fort. „Und sie bräuchte auch keine Armee, um das zurückzuholen, was ihr rechtmäßig gehört."

Tränen der Frustration stiegen in ihr auf, aber sie unterdrückte sie. Sie konnte nicht darüber nachdenken. Was passiert war, war passiert. Sie konnte es nicht mehr ändern. Und es gab nichts, was sie jetzt noch dagegen tun könnte.

Bei dem Gedanken, dass sie vor dem Wikinger weinen könnte, schämte sie sich und schniefte, wobei sie den Ruß von ihren Händen klatschte und dann stand sie plötzlich auf. Dabei trat sie unglücklicherweise in den Saum ihres Kleides, der immer noch zum Teil in ihrem Gürtel steckte. Im Nu stolperte sie seitlich in Richtung Feuer.

Wie Brandr sich so schnell bewegen konnte, wusste sie nicht. Einen Augenblick war sie im Begriff, mit dem Gesicht zuerst in die brennenden Kohlen zu fallen und im nächsten erwischte er sie mit seinem Stiefel und zog sie zurück zu ihm hin.

Als sie fiel, streckte sie reflexartig ihre Hände aus. Sie schaffte es, sich zum Teil abzufangen und hörte, wie er vor Schmerz knurrte, als sie gegen seinen geschienten Arm stürzte. Aber das war noch nicht das Schlimmste. Sie landete mit ihren Händen auf seiner Brust, ihrem Gesicht auf seinem Bauch und ihrer Brust in seiner Handfläche.

KAPITEL 8

Brandr spürte kaum, wie sein gebrochener Arm pochte. Es war nichts im Vergleich zum panischen Rasen seines Herzens. Die Frau wäre fast in das Feuer gefallen. Dank Odin hatte er die Reflexe und die Kraft, um sie zu retten. „Geht es Euch gut?"

Sie hob den Kopf, um ihn anzusehen. Ihr Gesichtsausdruck war seltsam, als wäre sie gleichzeitig erleichtert und entsetzt.

Dann bemerkte er, welcher Teil von ihr in seiner Handfläche lag und plötzlich schwand das Pochen seines Armes und das Rasen seines Herzens im Vergleich zum aufsteigenden Pulsieren in seiner Hose. Es war lange her, seit er die weiche Fülle der Brust einer Frau gefühlt hatte. Seine Reaktion war unvermeidbar.

Sie starrten einander unsicher an und wussten, dass sie sich irgendwie aus dieser misslichen Lage befreien mussten, zögerten aber aus Angst, dass sie sie nur verschlimmern würden. Der Augenblick zog sich in die Länge und wurde immer angespannter und keiner von ihnen rührte sich.

Und dann passierte etwas Seltsames. Avril schloss die Augen und gab ein leises Geräusch von sich, kein Seufzen des Vergnügens und auch nicht wirklich ein Jammern und ihre Finger drückten leicht gegen seine Brust. Er erstarrte und hatte Angst zu atmen.

Sie öffnete ihre Augen nur zur Hälfte und senkte ihren Blick auf seinen Mund. Auch er war von ihren Lippen angezogen, die so süß und verführerisch wie eine Frucht waren, die sich knapp außerhalb seiner Reichweite befand.

Er verspürte den verrückten Drang, sich zu ihr zu beugen und einen Kuss zu stehlen und ihre weichen und vollen Lippen erneut zu schmecken und rücksichtslos und kühn zu sein und sie wie ein Plünderer für sich zu beanspruchen.

Aber das verfluchte Lederband um seinen Hals hinderte ihn.

Verflucht, das war vielleicht ganz gut so. Schließlich wäre es ein Fehler, etwas so impulsives und unverantwortliches zu tun. Es würde ihr Vertrauen zerstören und seine Fluchtpläne ruinieren.

Er musste der Verführung widerstehen.

Sie versuchte es jedoch noch nicht einmal.

Die Lüsternheit warf Avril um wie eine unerwartete Welle im Meer, nahm ihr den Atem und zog sie nach unten in tiefere Strömungen und ertränkte ihre Vernunft.

In einer schummerigen Ecke ihres Hirns wusste sie, dass sie zurückweichen sollte. Aber Brandr fühlte sich so stark und weich an unter ihren Fingern. Sein Atem strich über ihre Stirn. Seine Augen waren traurig und einladend. Sie wollte ihn wirklich küssen.

Sie bewegte sich ein wenig vor und atmete scharf ein, als seine Hand leicht über ihre Brust strich. Sie zögerte und bewegte sich dann wieder zu ihm hin und genoss die faszinierende Berührung seiner Handfläche auf ihr. Beim dritten Mal schloss sie die Augen vor Vergnügen. Und er reagierte und bewegte seinen Daumen zärtlich über ihre Brustwarze.

Jetzt konnte die Flut nicht mehr aufgehalten werden. Mit einem leisen Keuchen bewegte sie sich vor, nahm sein stoppeliges Gesicht in ihre Hände und legte ihre Lippen auf seinen verführerischen Mund.

Seine Wange war rau und er roch nach Rauch und dem Meer und sein Körper war so hart und grob wie eine alte Eiche. Aber seine Lippen waren warm und nachgiebig und sein Kuss war voller zärtlicher Verwunderung.

Er reagierte sofort und neigte sein Gesicht, um ihre Lippen loszulassen, wieder einzufangen und zwischen seine eigenen zu ziehen. Er atmete Leidenschaft über ihre Wange und keuchte, als sie an seinem Mund leckte. Sein Kiefer öffnete sich einladend und einen Augenblick zögerte sie und überlegte, ob er sie wohl beißen würde wie der Wolf in seiner Geschichte. Dann verdrängte die Sehnsucht jegliche Vorsicht und sie ließ ihre Zunge in seinen Mund gleiten und genoss seinen süßen Biergeschmack und den angenehmen Schreck, als seine Zunge reagierte.

Ihre Finger strichen durch sein Haar und sie achtete gar nicht auf die salzverkrusteten Knoten. Sie drückte sich näher an ihn heran und ließ ihre Brüste provokativ gegen seine Brust reiben. Sie atmeten jetzt beide schwer und sie spürte, wie ihr Herz raste.

Sie fuhr fort, ihn zu küssen und war nun schon zu weit, als dass sie hätte zurückrudern können. Sie traute sich nicht zu atmen aus Angst, dass einer von ihnen dann zur Vernunft käme und die beglückende Verrücktheit aufhalten würde.

Das leichte Knurren tief in seinem Hals war wie das Schnurren eines großen, wilden Tieres und ließ sie erschaudern, als wenn er sie gerufen hätte. Ein Blitz durchfuhr ihren Körper und schlug an der Stelle ein, wo sie sich am meisten danach sehnte berührt zu werden – die glühende Stelle zwischen ihren Oberschenkeln.

Er schien sofort zu wissen, was sie brauchte. Seine Hand fand sie sogar durch die Röcke und umfing sie mit einer festen Genauigkeit, die sie keuchen ließ. Sie zitterte, als er langsam an ihr rieb, ihr Erleichterung verschaffte und sie gleichzeitig provozierte.

Sie drückte die Augen fest zu. Es war verrückt. Es war falsch. Und doch fühlte es sich so richtig an. Sie konnte scheinbar nicht aufhören. Sein Körper war ein starker Magnet und sie wurde von ihm angezogen wie ein machtloses Stück Eisen.

Sie öffnete ihren Mund weiter und spürte seine stoßende Zunge darin, die sie verschlang und gleichzeitig labte sie sich an ihm. Ihre Brustwarzen brannten, als sie gegen seine Brust strichen. Und wo seine Finger jetzt mit intensiverer Raffinesse eintauchten, begann sie vor Sehnsucht anzuschwellen.

Das Verlangen stieg in ihr auf wie die einströmende Flut und war zu schnell, als dass sie hätte fliehen können und schon bald verlor sie den Boden unter den Füßen.

Sie wurde auf der Welle der Lust immer weiter weggetragen, war sich ihres Zieles nicht sicher und wurde von einem Fremden geführt. Und doch konnte sie nicht widerstehen.

Brandr konnte nicht mehr denken. Sonst hätte er sich niemals in diese Situation hineinmanövriert. Dies war die Frau, die ihn geschlagen und gefesselt hatte und was machte er hier? Er bereitete ihr Vergnügen.

Natürlich empfing nicht nur sie dieses Vergnügen. Es war schon lange her, dass er die Aufmerksamkeiten einer Frau so enthusiastisch und unverblümt genossen hatte; von einer Frau, die sich lüstern nahm was sie wollte. Aber sein Körper hatte nicht vergessen, wie er auf solchen Enthusiasmus reagieren sollte.

Natürlich ließ er sie gewähren.

Er ließ es zu, dass sie ihn küsste wie ein gieriges, säugendes Lamm. Er ließ es zu, dass sie seinen Körper erforschte und mit ihren Fingern über seine Brust und durch sein Haar strich. Er ließ es zu, dass sie ihre Brüste gegen ihn drückte. Er ließ es zu, dass sie sich gegen seine Handfläche beugte und ihn wortlos um seine Berührung anflehte.

Und er beantwortete ihren Angriff mit der instinktiven Sehnsucht seines eigenen liebeshungrigen Körpers.

Das Blut rauschte in seinen Adern und dröhnte in seinen Ohren, als sich ihre Zungen umschlangen und ihr Atem sich vermischte. Selbst durch die verschiedenen Lagen an Stoff war der verführerische Spalt zwischen ihren Beinen unheimlich heiß und er sehnte sich danach, dort mit mehr als nur seinen Fingern einzutauchen.

Fürwahr, das lüsterne Ungeheuer in seiner Hose regte sich und wurde mit jedem Augenblick fordernder und frustrierter. Und die Tatsache, dass Befriedigung so nah und doch so unerreichbar war, machte ihn noch wahnsinniger.

Er wusste nicht, warum er seine Augen öffnete – vielleicht der angeborene Sinn eines Kriegers für seine Umgebung. Aber eine Bewegung ließ ihn erstarren.

Die plötzliche Anspannung in seinem Körper warnte sie auch sofort. Sie erstarrte, wobei ihre Lippen immer noch an seinen hingen.

„Mama!", schimpfte das kleine Mädchen von der Tür aus. „Ich habe dir schon hundert Mal gesagt, dass du nicht in die Nähe des bösen Mannes gehen sollst!"

Avrils Augen weiteten sich und sie zog sich voller Entsetzen zurück, stand auf und stammelte. „Ich ... ich ... ich ..."

Da sie scheinbar keine vernünftige Erklärung herausbekam, brachte Brandr eine vor. „Deine Mama ist gefallen", sagte er und das stimmte ja auch.

„Aye", erklärte Avril und strich ihr Kleid glatt, „ich bin gestürzt."

Das kleine Mädchen betrachtete sie unsicher und Brandr hielt wartend die Luft an. Dann zuckte Kimbery mit den Schultern und hüpfte in die Küche, hockte sich auf ihren Schemel und fing an, mit ihrer Puppe zu sprechen.

Die Luft war voller unerfülltem Verlangen und die Spannung zwischen Avril und ihm war so fest wie eine gespannte Bogensehne. Er wagte es nicht mit ihr zu sprechen oder sie überhaupt anzuschauen aus Angst, dass er den Funken zwischen ihnen neu entzünden könnte.

Es schien eine Ewigkeit zu dauern, bis sein Hunger sich legte und er überhaupt atmen konnte.

Avril konnte den Nordmann gar nicht anschauen. Sie drückte ihre Fingerspitzen an ihre Schläfen und verbarg ihre Augen vor Scham hinter ihren Händen.

Was hatte sie nur getan?

Verflucht, sie hatte es zugelassen, dass er sie küsste, sie hielt und sie berührte. Sie hatte Schwäche vor ihrem Feind gezeigt, ihm erlaubt, die Oberhand zu gewinnen und sich seiner Verführung ergeben. Aber sie konnte ihn nicht glauben lassen, dass er einen Sieg über sie errungen hatte oder dass sie ihm gegenüber irgendwie verletzbar war.

Sie stellte sicher, dass Kimbery beschäftigt war, mied Brandrs Blicke und hockte sich hin, um im Feuer zu stochern. Dann zischte sie mit scharfer Stimme: „Macht das nie wieder."

Ungläubig lachte er auf und flüsterte dann zurück: „Was – Euch davor retten, ins Feuer zu fallen?"

Sie presste die Lippen zusammen. „Mich küssen", flüsterte sie. „Küsst mich nie wieder."

Er grinste und flüsterte dann: „Ich glaube, dass *Ihr* es wart, die *mich* geküsst hat."

Angesichts der Wahrheit seiner Worte errötete sie, wagte es aber nicht nachzugeben. „Ein ehrbarer Mann würde niemals solche ..." Die Worte blieben in ihrem Hals stecken, als sie sich an das herrliche Gefühl erinnerte, wie er seine Hand zwischen ihre Beine gelegt hatte. „Solche wilden Annäherungen einer unwilligen Frau gegenüber ..."

Er murmelte: „Ich erinnere mich nicht, dass Ihr unwillig gewesen wärt."

Sie keuchte und warf einen besorgten Blick auf Kimbery.

„Tatsächlich", fuhr er fort, „bin ich gefesselt und mit einem Lederhalsband an die Wand gekettet. Es ist nicht, als hätte ich eine Wahlmöglichkeit in der Angelegenheit."

Er hatte natürlich Recht. Sie hatte sich ihm an den Hals geworfen. Aber er musste es ja nicht so direkt sagen.

Jetzt fühlte sie sich wirklich gedemütigt. Sie hatte sich zum Narren gemacht und ihn mit der gleichen groben Aggression angegriffen, die sie bei ihren Liebhabern in jener schamvollen Zeit nach ihrer Vergewaltigung an den Tag gelegt hatte. Nur war das hier viel schlimmer. Sie hatte sich einem Mann aufgezwungen, der keine Möglichkeit hatte, ihr zu widerstehen. Verflucht, sie war nicht besser als der Berserker, der sie vergewaltigt hatte.

Hatte sie sich deshalb Brandr an den Hals geworfen? Wollte sie irgendwie Vergeltung von ihm, für das, was ein anderer seiner Art ihr angetan hatte?

So ungern sie es auch zugab, aber sie fürchtete, dass es stimmen könnte. Sie hatte den Nordmann mit einer Respektlosigkeit behandelt, die er nicht verdiente. Sie schuldete ihm eine Entschuldigung. Sie schluckte schwer und schloss die Augen und murmelte: „Ihr habt Recht. Das war ehrlos von mir. Es tut mir leid."

Nach einer schier endlosen Zeit, sagte er leise: „Mir nicht."

Daraufhin begegneten sich ihre Blicke. Und in diesem Augenblick, der sie beide überrumpelte, waren sie nicht mehr Wikinger und Piktin, nicht mehr Gefangener und Fängerin, sondern Mann und Frau.

Brandr wusste nicht, warum er die Wahrheit über seine Gefühle zugegeben hatte. Es war leichtsinnig und töricht. Je mehr er sich emotional mit dieser Frau verbandelte, desto schwerer würde es werden, sie zu verraten und zu fliehen.

Aber er konnte nicht leugnen, dass er ... etwas ... für die feurige, piktische Frau empfand. Und es macht ihm Sorgen, dass es vielleicht mehr als einfache physische Lüsternheit sein könnte.

Mit Lüsternheit könnte er umgehen. Das machte ja auch schließlich Sinn. Er hatte schon so lange keine Frau mehr gehabt, dass es nur natürlich war, dass sein Körper bei der ersten sich bietenden Gelegenheit reagieren würde. Aber wenn es mehr als das war ...?

Bei Thor, er musste aus diesem Schlamassel wieder herauskommen!

Avril war seine Beichte offensichtlich unangenehm und sie trat zurück und ging mit Kimbery nach draußen, augenscheinlich um Muscheln zu suchen, aber wahrscheinlich, um in der frischen Luft wieder zur Vernunft zu kommen.

Als sie weg waren, arbeitete Brandr wieder an dem Eisenring und zog und drehte an ihm, um zu versuchen, ihn aus dem Stein zu ziehen. Die Frau hatte ihn an diesem Morgen nicht an ihren Nachbarn überstellt, aber das hieß nicht, dass sie es niemals tun würde. Selbst wenn ihr die Idee gefiel, einen gefangenen Wikinger zu besitzen, selbst wenn sie es genoss, die Herrin über ihren Gefangenen zu spielen und Vergnügen in seinen Armen fand, würde sie es und ihn irgendwann leid werden.

Er hätte sie nicht ermutigen sollen. Fürwahr, er trug zwar ein Halsband aus Leder und war gefesselt und konnte ihren Umarmungen nicht entgehen. Aber er hätte ihr die kalte Schulter zeigen können. Er hätte sich weigern können, ihrer Verführung nachzugeben. Er hätte den Mund geschlossen halten und seine Hände zu Fäusten ballen können.

Stattdessen hatte er in einem Augenblick der Schwäche die Vernunft in den Wind geschlagen. Er hatte sich von ihrem weiblichen Verlangen in Versuchung führen lassen und sich erlaubt, mit ihr auf einem erotischen Meer zu treiben. Und einen Augenblick lang hatte er fast geglaubt, dass sie dort als Seelenverwandte treiben und ein gemeinsames Ziel und ein tieferes Schicksal teilten.

Aber er musste solche Gefühle ignorieren. Das würde die Dinge nur schwieriger machen, wenn es an der Zeit war, den Verräter zu spielen.

Er zog fest an dem Halsband und schürfte die Haut am Hals auf. Der Eisenring bewegte sich nicht. Er fluchte und lehnte sich wieder gegen die Wand. Wieviel Zeit hatte er noch? Wie lange würde es dauern, bis Avril beschloss, dass er ein schlechter Einfluss für ihre Tochter und eine Gefahr für sie war? Wie lange, bis sie ihn an jemanden überstellte?

KAPITEL 9

Bevor sie am nächsten Morgen überhaupt die Augen öffnete, konnte Avril sie schon nebenan hören - Brandr murmelte und Kimbery kicherte. Es war ein angenehmes Geräusch, das sie daran erinnerte, wie es wäre, eine richtige Familie zu haben. Sie lächelte, wobei ihr alberne, sentimentale Tränen in die Augen stiegen.

Sie sagte sich, dass sie keine Familie brauchte. Ihre Eltern waren tot. Ihre Brüder hatten sie verraten. Und sie hatte nur eine geringe Hoffnung einen Ehemann zu finden, weil sie nichts zu bieten hatte. Sie hatte sich selbst davon überzeugt, dass Kimbery als Familie reichte.

Aber in Wahrheit war Avril schrecklich einsam.

An den meisten Tagen war sie zu beschäftigt, um es zu merken. In erster Linie dachte sie ans Überleben. Und Kimbery war in ihrem Herzen.

Aber manchmal kam das Bedauern in ihr hoch und sie trauerte um die Person, die sie früher war – die junge Frau, die über die edle Burg herrschen, einen starken Krieger

heiraten und ein Dutzend Kinder hätte bekommen sollen. Meistens manifestierte sich dieses Bedauern als Durst nach Vergeltung und als Entschlossenheit, das zurückzubekommen, was ihr gehörte. Aber manchmal, wie an diesem Morgen, kam ein melancholisches Schmachten in ihr hoch und sie sehnte sich nach dem, was sie nicht haben konnte.

Sie konnte Brandr definitiv nicht haben. Das stand außer Frage. Er hatte sich vielleicht in ihren Armen richtig angefühlt. Sein Kuss war vielleicht köstlich und eine Versuchung. Seine Hand hatte sie vielleicht mit der trügerischen Hingabe eines Liebhabers berührt. Aber er war ihr Feind.

Barbaren wie er waren schon seit Jahrzehnten in ihr Land eingedrungen. Sie hatten ihre Dörfer dem Erdboden gleich gemacht, ihr Geld gestohlen und ihre Leute abgeschlachtet. Einer von ihnen hatte ihren Vater getötet und sie vergewaltigt. Sie waren brutale, rücksichtslose Wilde und jenseits jeglicher Vernunft.

Warum also war es unmöglich, sich den flüsternden Wikinger im nächsten Zimmer vorzustellen, wie er eine Axt schwang und unbewaffnete piktische Kinder angriff?

Kimbery kicherte wieder und dieses Mal lachte der Nordmann mit. Sein Lachen war tief und herzlich und ließ Avril erschaudern.

Sie schluckte schwer und öffnete die Augen, um an die Decke zu starren.

Was in Gottes Namen sollte sie mit Brandr machen?

Sie konnte ihn nicht an die Dorfbewohner überstellen. Sie brachte es nicht übers Herz, ihn in die Hände eines

zornigen Mobs zu liefern. Verflucht, das hatte sie schon bewiesen, indem sie ihn vor dem Mann, der gestern gekommen war, versteckt hatte.

Aber sie konnte ihn auch nicht gehen lassen. Wenn ihren Nachbarn etwas zustieß, weil sie einen Wikinger freigelassen hatte, könnte sie das niemals verwinden.

Und sie konnte ihn auch nicht ewig gefesselt halten. Er war vielleicht ein formidabler Gegner, aber sie war nicht unmenschlich.

Mitten in ihren Gedanken darüber, was sie mit dem Nordmann machen wollte, hörte sie, wie Kimberys Kichern durch einen tiefen Knall unterbrochen wurde, dann kam eine stille Pause und ein zartes Jammern.

Avril stockte das Herz. Sie nahm das Schlimmste an und befreite sich von den Laken. Sie fluchte über ihre eigene Ungeschicktheit, während Kimberys Stimme sich zu einem durchdringenden Schrei entwickelte. Avril stolperte neben dem Bett, landete auf dem Knie und ihr Fuß hing immer noch in den Laken fest.

Was hatte er ihr angetan? Was hatte der verdammte Wikinger mit ihrem kleinen Mädchen gemacht?

Vor Angst wurde ihr der Mund trocken. Es schien ewig zu dauern, bis sie endlich auf die Füße kam.

Sie würde ihn umbringen! Sie würde den Mistkerl umbringen, weil er ihre Tochter zum Weinen gebracht hatte.

Verzweifelt eilte sie los und stolperte über Kimberys Stoffpuppe auf dem Boden.

Endlich erreichte sie die Tür und erstarrte mit großen Augen bei dem Anblick.

Kimbery schluchzte an Brandrs Schulter und sein Kopf war zu ihrem geneigt, während er tröstende Worte an ihrem Haar murmelte.

Der Beschützerinstinkt in Avril wollte Kimbery sofort wegreißen.

Aber bevor sie sich überhaupt bewegen konnte, begegnete Brandr ihrem Blick über Kimberys Kopf und sie erkannte sofort die Wahrheit in seinen mitleidigen Augen. Er hatte Kimbery nicht wehgetan. Sie hatte sich selbst wehgetan. Sie war zu ihm gerannt, um sich trösten zu lassen.

Avril wusste nicht, was sie denken sollte. Kimbery war dem Nordmann gegenüber viel zu vertrauensselig gewesen, hatte ihre Puppe mit ihm geteilt, Bilder für ihn gemalt, seinen Geschichten zugehört und ihn Papa genannt. Und doch hatten Kinder manchmal ein gutes Gespür für Menschen. Manchmal konnten sie erkennen, wer gut und wer schlecht war.

Sie blieb in der Tür stehen und beobachtete sie in angespanntem Schweigen.

Kimberys Schluchzen verminderte sich auf ein Schniefen und sie hob ihren Kopf, um Brandr anzuschauen. „Blutet es?"

Er kniff die Augen zusammen und betrachtete ihre Stirn. „Ein bisschen."

Kimbery berührte die Stelle und zog ihre Finger weg, wobei sie bei dem Anblick von Blut auf ihren Fingerspitzen anfing zu jammern.

„Das sollte eine schöne Narbe geben", versicherte er ihr. „Alle großen Krieger haben Narben."

Sie hörte auf zu weinen. „Wirklich?"

„Aye."

„Habt Ihr eine Narbe?"

„Oh aye, ich habe sehr viele."

„Wo?"

„Hier ist eine unter meinem Kinn." Er hob sein Kinn, damit sie schauen konnte, obwohl es mit Bartstoppeln bedeckt war. Dann senkte er den Kopf. „Und ich habe auch eine auf der Stirn wie du."

„Seid Ihr auch gegen einen Tisch gelaufen?"

„Nay." Er versuchte finster zu schauen, aber seine Augen funkelten. „Da hat Thor mich mit dem Blitz getroffen."

„Wirklich?"

Er lächelte. „Nay, nicht wirklich. Mein Bruder hat meine Stirn mit einer Axt erwischt."

„Ist Euer Bruder auch böse wie die Brüder meiner Mama?"

Avril stockte der Atem.

„Nay", sagte er. „Es war ein Unfall. Wir haben uns im Kampf geübt."

Einen Augenblick später erhob sich Kimbery, um ihn auf die Stirn zu küssen. Avril blieb der Mund offenstehen. „Mama sagt, dass es dann besser wird. Jetzt müsst ihr meine Wunde küssen."

Bevor Avril etwas sagen konnte, beugte Kimbery ihren Kopf zu Brandrs Lippen und ließ ihm keine Wahl, als ihre Geste zu erwidern.

Als Kimbery sich zurückzog, neigte sie ihren Kopf und berührte seine Stirn mit dem Finger an der Stelle, wo Avril ihn mit dem Treibholz geschlagen hatte. „Ist das eine Narbe aus einer Schlacht?"

Er verzog den Mund zu einem Hauch von einem Lächeln. „Aye."

„Meine Mama hat auch eine Narbe aus einer Schlacht."

Avril erstickte fast.

Kimbery fuhr fort: „Sie ist genau hier." Sie zeigte auf die rechte Seite ihrer Brust.

Nun wurde aus Brandrs Lächeln ein breites Grinsen. „Wirklich?"

Avril hatte genug gehört. Errötend kam sie in das Zimmer. „Kimbery, was ist passiert?"

Kimbery sprang auf und rannte zu ihr. „Mama, ich habe eine Narbe aus einer Schlacht!"

„So?" Sie ging in die Hocke, um Kimberys Stirn zu untersuchen. Dort waren eine rote Beule und ein winziger Schnitt, der so klein war, dass sie überrascht wäre, wenn es überhaupt eine Narbe gäbe. Nichtsdestotrotz runzelte sie besorgt die Stirn. „Und gegen wen hast du gekämpft, dass du eine solche Narbe erhalten hast?"

„Sir ... Tisch!"

„Ich verstehe." Sie strich Kimbery über das Haar. „Und hast du Sir Tisch auch ein paar Narben zugefügt?"

Kimbery nickte und lehnte sich dann an sie und fing an, mit ihren Fingern in Avrils Haar zu wühlen. „Mama, ich habe Brandr meine Wunde küssen lassen."

Und ich habe ihn meine Lippen küssen lassen, dachte Avril. Aber sie sagte nur: „Oh?"

Kimbery fügte mit einem lauten Flüstern hinzu: „Ich glaube nicht, dass er ein sehr böser Mann ist."

Avril seufzte und spürte, wie die Anspannung von ihr wich. Kimbery hatte Recht. Er war kein sehr böser Mann.

Er hatte nichts falsch gemacht. Obwohl er Schiffbruch erlitten hatte und gefangen und gefesselt worden war, war er höflich und sogar freundlich gewesen. Er hatte Kimbery Geschichten erzählt, sie ihre Tränen vergessen lassen und war wie ein Vater für das kleine Mädchen gewesen, das noch nie einen gehabt hatte. Er hatte Avril sogar davor bewahrt, ins Feuer zu fallen. Avril schaute über Kimberys Schulter und blickte ihn direkt an. „Das glaube ich auch nicht."

Brandr hätte erleichtert sein sollen. Avril starrte ihn nun voller Vertrauen an. Er konnte an ihren Augen ablesen, dass sie nicht beabsichtigte, ihn zu überstellen und er würde sich keine Gedanken wegen Flucht machen müssen, weil sie niemandem erzählen würde, dass er hier war. Sie wollte ihn freilassen.

Zu seiner Überraschung wurde ihm das Herz schwer. So verrückt wie es sich anhörte, trotz seines gebrochenen Arms, seiner geschundenen Nase und dem verfluchten Hundehalsband um seinen Hals hatte er die letzten paar Tage doch eher genossen. Avril war eine faszinierende Frau – mutig und leidenschaftlich, empfindsam und doch stark und ihre Tochter war einfach nur süß. Jetzt, wo die Möglichkeit zur Flucht vorhanden war, war er sich nicht sicher, dass er gehen wollte.

Die Art, wie sie ihn anschaute, brachte sein Herz zum Schmelzen. Seit er seine Frau und Kinder verloren hatte, war er in ein tiefes, dunkles Loch gefallen. Und der Verlust seines Schiffes und seiner Männer hatte ihn noch tiefer in dieses Loch gestürzt und es schien unmöglich, dass er jemals wieder herauskommen würde. Aber mit Avrils

Herzensgüte und Kimberys unschuldiger Bewunderung hatte er angefangen zu glauben, dass er doch wieder herausklettern könnte und dass er wieder fähig sein würde, Zuneigung und Liebe zu empfinden.

Kimbery riss sich plötzlich von ihrer Mutter los und galoppierte durch das Zimmer in das Schlafzimmer, wobei sie rief: „Schaut mich an! Ich bin eine Walküre!"

Avril schaute ihn fragend an und er verzog den Mund zu einem leichten reumütigen Lächeln.

Dann hockte sie sich neben ihn, um ihm das zu sagen, was er bereits wusste. „Ich habe beschlossen, dass ich Euch nicht überstellen werde."

Er wartete schweigend und war sich nicht sicher, ob er den Rest hören wollte.

Sie wandte ihm dann ihr Profil zu und senkte den Blick. „Mein Vater hat mich gelehrt, einen Mann nicht nach den Sünden seiner Brüder zu beurteilen." Sie atmete tief durch und seufzte dann. „Ihr habt vielleicht Wikingerblut in Euren Adern. Aber Ihr habt mit dem Mann, der mich angegriffen hat, nichts gemein."

Er hielt die Luft an wie einen Verbrecher, der auf sein Urteil wartete.

„Ich weiß noch nicht genau, was ich mit Euch machen werde", gab sie zu, „aber nach alle dem, was ihr für Kimbery ... und für mich getan habt ..." Ihr Blick wanderte kurz zu seinen Lippen und er wusste, dass sie sich an ihren Kuss erinnerte. Er erinnerte sich an ihren Kuss. Er wünschte, sie würde ihn wieder küssen. Sie biss sich auf die Unterlippe und blickte ihn dann ein wenig verliebt an. „Ich verspreche, dass Euch nichts zuleide getan wird."

Die bloße Ehrfurcht in ihren schönen, bernstein-farbenen Augen raubte Brandr den Atem. Noch nie hatte eine Frau ihn mit solch echter Zuneigung angesehen oder ihm ein solch ehrliches Versprechen gegeben. Die Art, wie sie ihn anschaute, ließ ihn fühlen, dass er alles schaffen und sogar aus seinem dunklen Loch wieder in das Licht kriechen könnte.

Er wollte etwas antworten, aber es wäre albern und sentimental gewesen. Plötzlich schoss Kimbery zurück ins Zimmer und Avril ging in die Küche, um das Frühstück vorzubereiten.

Ein Teil von ihm fühlte sich erleichtert. Er hatte die ganze Zeit unter Schuldgefühlen gelitten, und hatte seine unangebrachte Zuneigung Avril gegenüber als Schwäche seinerseits verflucht. Zu wissen, dass sie auch diese Gefühle hegte und dass ihre Gefühle mehr als nur Lüsternheit waren, dass sie sein gutes Herz erkannte und er ihr wirklich etwas bedeutete, hob seine Stimmung.

Aber der vernünftige Teil in ihm wusste, dass es etwas gab, was er mehr fürchtete als dass Avril ihn überstellte und das war, dass Avril ihn in Sicherheit halten würde.

Ihr vertrauensvoller Blick erfüllte ihn mit Angst. In ihrem Blick war mehr als einfach nur Gnade gewesen. Er hatte die gefährliche Kombination aus Zuneigung und Entschlossenheit in ihren Augen gesehen und die gleiche unnachgiebige Verehrung und den stählernen Willen erkannt, mit dem sie sich und ihre Tochter auf diesem kargen Küstenstreifen durchbrachte.

Tatsache war, dass sie auch nicht wollte, dass er wegging. So unwahrscheinlich es auch schien, hatten sie

beide – Gefangener und Fängerin, tödliche Feinde – irgendwie viel mehr getan als Gemeinsamkeiten und einen unbehaglichen Frieden zu finden. Sie hatten sich ineinander verliebt. Und jetzt glaubte sie auf naive Art und Weise, dass sie ihn behalten sollte.

Aber das konnte sie nicht, nicht ohne sich und ihre Tochter in Gefahr zu bringen. Sie konnte ihn nicht verstecken. Jeder konnte sehen, dass Brandr ein Wikinger war. Sie würde niemals erklären können, wie er hergekommen war, woher er kam und wie sie sich kennengelernt hatten.

Und er wusste, was danach passieren würde. Avril würde eine Wikingersympathisantin genannt, als Verräterin gebrandmarkt und wahrscheinlich getötet werden. Und Brandr würde nichts tun können, um sie zu beschützen.

Er war verflucht. Jeder, der in seine Nähe kam, erlitt ein Unglück. So sehr sein Herz sich danach sehnte zu bleiben, so sehr wusste er, dass er wieder in das dunkle Loch der Verzweiflung fallen würde, wenn er ging und ihm war klar, dass er die bittersüße Sehnsucht in seiner Seele ignorieren, ihr den Rücken kehren und gehen musste.

KAPITEL 10

Avril eilte durch das Dünengras zu dem blökenden Schaf mit dem Schemel unter einem Arm und einem Eimer, der gegen ihren Oberschenkel schlug. Sie fühlte sich so leicht wie eine Feder auf einem rauschenden Bach. Sie hatte noch nicht alle Einzelheiten ausgearbeitet, aber sie wusste, dass es die richtige Entscheidung war, Brandrs Leben zu schonen.

Er war ein anständiger Mann. Er war zwar ein Wikinger und vielleicht war er als Eindringling gekommen, aber er hatte ihr trotz ihrer Feindseligkeit nichts als Menschlichkeit, Höflichkeit und Freundlichkeit entgegengebracht. Er hatte sich um Kimberys Wunde gekümmert und sie in Sicherheit gehalten, indem er ihr Geschichten erzählt hatte. Er hatte Avril vor dem Feuer bewahrt und Angst um ihr Wohlergehen gehabt, als sie ihrem Nachbarn begegnete. Er wollte sie offensichtlich beschützen.

Hegte er noch andere Gefühle? Bei der Möglichkeit flatterte ihr Herz und sie war etwas berauscht, als sie sich an die Art und Weise erinnerte, wie er sie nicht nur

erleichtert und dankbar, sondern auch mit einer gewissen Verehrung angesehen hatte.

Sie konnte nicht anders als zu lächeln, als sie durch das Tor ging und es hinter sich schloss. Sie stellte den Schemel neben Caimbeul ab und setzte sich. Sie legte die Handfläche zur Beruhigung auf die Flanke des Tieres und stellte den Eimer unter den Bauch des Schafes. Während sie melkte, hing sie ihren Tagträumen nach. Was, wenn Brandr hier bei ihnen blieb? Er hatte schließlich nirgendwo, wo er hingehen könnte. Seine Männer waren nicht gekommen. Er war ein Fremder in ihrem Land. Er war ein Schiffbrüchiger, der hier ohne Mittel zum Überleben gestrandet war. Sie konnte ihm ein Dach über dem Kopf, Nahrung, Sicherheit ... und vielleicht noch etwas anderes bieten.

Sie lehnte ihre Stirn an die wollige Seite des Schafs und schloss die Augen.

Was, wenn die Anziehung, die sie ihm gegenüber spürte, zu echter Liebe wurde? Könnte er ein Vater für Kimbery sein? Und könnte er *ihr* ein Ehemann sein?

Vor drei Tagen noch hätte sie das für unmöglich gehalten. Jetzt schien es nicht nur möglich, sondern sogar richtig. Schließlich waren sie beide Schiffbrüchige, die von ihren Leuten getrennt waren. Es schien nur natürlich und passend, dass sie Trost in der Gesellschaft des anderen finden würden.

Sie drückte die letzte Milch aus dem Euter des Schafs und nahm den Eimer, bevor sie dem Schaf einen Klaps gab und es wieder zum Grasen schickte. Dann saß sie da einen Augenblick und schaute in den Wolken verhangenen Himmel, der sich bis zum Mittag aufklaren würde.

Während sie in den Himmel starrte, traf sie eine Entscheidung. Sie würde ihn gehen lassen, ihn freilassen. Tatsächlich würde sie jetzt sofort seine Fesseln lösen.

Es war zwar riskant, dachte sie, während sie zur Kate zurückging. Wenn er frei war, könnte er ihr physischen Schaden zufügen oder für immer aus ihrem Leben verschwinden.

Aber sie glaubte nicht, dass er eins von beidem tun würde. Er hatte ausreichend Gelegenheit gehabt, ihr und Kimbery etwas zuleide zu tun und er hatte nichts gemacht. Auch schien er nicht die Art von Mann zu sein, der Frauen ihrem Schicksal überließ. Es stand außer Frage für Avril, dass er ein Mann mit Gewissen war und dass sie ihm vertrauen könnte.

Nun, da sie eine Entscheidung getroffen hatte, konnte sie nicht schnell genug zur Kate kommen.

Als Avril losging, um das Schaf zu melken, wurde Brandr klar, dass er nicht viel Zeit hatte. Er fing sofort an, Kimbery zu bearbeiten.

„Hast du Lust, Fenrir zu spielen, Kimmie?", fragte er und hoffte, dass sein Trick funktionieren würde.

Kimbery gab sich kokett. „Vielleicht."

„Du darfst Fenrir sein. Und ich bin Tyr, Fenrirs treuer Freund."

Das kleine Mädchen zögerte und schwankte einen Augenblick lang unentschlossen. Dann ging sie auf alle viere auf den Boden und fing an mit den Zähnen zu fletschen und so zu tun, als wäre sie ein wilder Wolf.

Er sprach mit der knurrenden Stimme von Tyr. „Ihr seid so stark, Fenrir. Ihr seid stärker als jeder andere Gott. Ich überlege, ob Ihr stark genug seid, eines dieser Hölzer in zwei zu brechen." Er nickte zum Anmachholz in der Nähe des Kamins.

Kimbery fauchte und hob eines der Hölzer mit dem Mund auf, nahm es dann in die Hände und brach es durch.

Er keuchte vor vorgetäuschter Ehrfurcht. „Ich überlege, ob Ihr stark genug seid, das Schwert zu nehmen und es ganz allein hierher zu bringen."

Kimbery zögerte und setzte sich auf ihre Fersen. „Mama hat gesagt, das kleine Mädchen ihr Schwert nicht berühren dürfen."

Im Stillen fluchte er frustriert und sagte dann in Tyrs Stimme: „Kleine Mädchen? Aber Ihr seid kein kleines Mädchen. Ihr seid Fenrir, der Sohn von Loki, Sohn des Odins, dem Mächtigsten aller Götter."

Das kleine Mädchen brüllte einmal, aber dann kam sie zu ihm und flüsterte ihm ins Ohr. „Mama will noch nicht einmal, dass Fenrir ihr Schwert berührt."

Brandr seufzte. Avril hatte sie wirklich gut erzogen. Aber es machte nichts aus. Er könnte sich auch ohne das Schwert befreien.

„Großer Fenrir", sagte er, „ob Ihr wohl stark genug seid, diesem schweren Halsband zu entkommen?"

Kimbery knurrte zustimmend.

„Ich nehme es von meinem Hals", sagte er, „und Ihr könnt es um Euren legen." Er machte viel Aufhebens, sich von dem Halsband zu befreien und drehte sich und zog.

Dann wurde sie einen Augenblick lang wieder Kimbery

und flüsterte: „Ich mache die Schnalle auf und dann könnt Ihr es mir umlegen."

„In Ordnung", erwiderte er flüsternd.

Als ihre kleinen Finger sich an dem Lederband zu schaffen machten, machten ihm Zweifel das Herz schwer. Er wollte dem kleinen Mädchen nichts zuleide tun. Er wollte ihre Mutter nicht verraten. Aber sah keinen anderen Ausweg. Er durfte sie nicht in Gefahr bringen. Und er musste weg sein, bevor Avril zurückkam, sonst würde sie ihn dazu verführen zu bleiben.

Als sein Hals frei war, beugte er sich nach vorn, um das Seil um seine Handgelenke mit den Zähnen zu öffnen.

„Legt es mir an!", forderte Kimbery ungeduldig.

„Erst muss ich meine Hände losmachen", erklärte er.

„Beeilt Euch."

Das tat er. Als seine Handgelenke frei waren, band er das Seil um seine Körpermitte auf und bewegte sich zur Seite, sodass Kimbery an seinem Platz stehen konnte.

Er legte das Halsband lose um ihren Hals, sodass sie ihm nicht nachlaufen oder sich wehtun könnte. Sie zeigte ihre Zähne und fauchte, als er sich auf die Füße kämpfte, wobei seine Beine vom Sitzen schwach geworden waren.

Während Kimbery knurrte und mit dem Halsband kämpfte, warf Brandr einen Blick auf das mit Edelsteinen besetzte Schwert.

Schließlich brachte er es nicht über sich, es zu nehmen. Avril hatte hart für das Schwert kämpfen müssen, es war ein Geschenk ihres Vaters und ihre einzige Verteidigung.

Er richtete sich langsam auf und stöhnte über seine steifen Muskeln. Kimbery wurde still. Sie betrachtete ihn jetzt unbehaglich.

„Ihr seid Tyr", sagte sie. „Ihr sollt Eure Hand in meinen Mund legen."

Er hatte eigentlich ohne ein Wort und ohne einen Blick gehen wollen. Es war das Beste, wenn Kimbery sich an ihn als einen bösen Mann erinnerte.

Aber sein Verrat war ihm wohl ins Gesicht geschrieben. Kimmies Kinn fing an zu zittern. „Nay, Papa. Geht nicht."

Er schluckte den Kloß in seinem Hals, der im Begriff war ihn zu ersticken, hinunter. Er wollte vor ihr knien und sie zum Abschied noch einmal in die Arme nehmen, so wie er es bei seiner Tochter nicht hatte machen können. Aber er konnte es nicht. Er musste jetzt gehen.

Die Worte sprudelten aus ihm heraus. „Ich muss, Kimmie. Aber ich werde dich niemals vergessen. Ich verspreche es."

Und bevor sie sich beide in Tränen auflösten, schlüpfte er durch die Tür und schloss sie hinter sich. Er ging in Richtung Meer, wo Avril niemals auf den Gedanken käme, ihn zu suchen.

Avril erstarrte, als sie das Tor zur Wiese schloss und die Gestalt in der Ferne bemerkte, die in Richtung Strand humpelte. Sie erkannte im Nu, wer es war und die Bedeutung war ihr auch sofort klar.

Sie ließ den Eimer fallen und die Milch lief über dem Boden.

Kimmie!

Ihr wurde der Mund trocken vor Angst, während sie auf die Kate zustürzte.

Als sie die Tür öffnete, war sie erleichtert, als sie sah das Kimbery relativ unbeschadet war. Ihre Hände zitterten

allerdings immer noch, als sie das Halsband um den Hals des kleinen Mädchens öffnete.

„Er ist weg, Mama", schluchzte Kimmie. „Wir haben gespielt ... und dann ist er gegangen."

Avril schwankte zwischen Demütigung und Zorn. Sie wusste nicht, wie sie so gutgläubig hatte sein können. Aber jetzt verfluchte sie ihr dummes, vertrauensvolles Herz. Sie hatte von Anfang an Recht gehabt. Sie hätte niemals einem Wikinger trauen sollen.

„Mach, dass er zurückkommt, Mama", flehte Kimbery und schlang ihre Arme um Avrils Hals, wobei ihr Tränen über das Gesicht liefen.

Avril war das Herz so schwer wie Blei. Brandr musste sie die ganze Zeit getäuscht haben, sodass sie glaubte, dass er anständig, freundlich und höflich sei. Ihr wurde schlecht bei dem Gedanken, dass sie sich vorgestellt hatte, dass er sich in sie verliebt hatte. Und ihr wurde noch schlechter, wenn sie sich daran erinnerte, was sie ihn hatte tun lassen.

Sie hatte ihm geglaubt. Kimbery hatte ihm geglaubt. Er hatte vorgegeben, dass er anders als die Berserker wäre, die damals gekommen waren und dass er edel und ehrbar war. Aber er war auch nur ein Eindringling, der Schaden anrichtete und wie ein Feigling davonlief.

Der brutale Kerl hatte das Herz der armen Kimbery gebrochen.

„Ich will Papa!", heulte Kimmie.

Avril drückte sie zum Trost, während auch ihr die Tränen in die Augen stiegen.

Aber während sie ihre heulende Tochter hielt und versuchte ihre eigenen Gefühle zu beruhigen, dauerte es

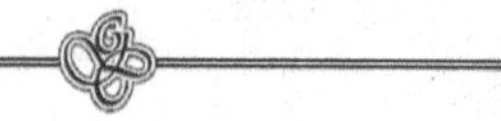

nicht lange, bevor der Schmerz in Zorn umschlug und ihr Zorn sie zum Handeln antrieb.

Verfluchter Wikinger! Für wen hielt er sich, dass er sich wie ein Dieb in der Nacht davonstehlen konnte? Er schuldete ihr eine Erklärung. Er schuldete Kimbery eine Erklärung. Er war doch selbst Vater gewesen. Er wusste, wie empfindlich Kinder waren. Wie konnte er es wagen, einfach aus Kimberys Leben zu verschwinden und noch dazu ohne ein Wort des Abschieds?

Bei Gott, irgendwie würde sie ihn dazu bringen, dass er sich vor ihr rechtfertigte.

Sie strich Kimmie das Haar aus ihrem traurigen kleinen Gesicht und wischte mit den Daumen die Tränen weg.

„Hör zu, Kimmie", sagte sie, „ich werde ihm nachgehen. Du musst hierbleiben. Verstehst du?"

Sie nickte.

Aber in dem Augenblick, als Avril ihr Schwert holte, geriet Kimmie in Panik. „Nay, Mama, tu ihm nichts!"

Sie runzelte die Stirn. „Das werde ich nicht." Zumindest hoffte sie das, wobei der Gedanke, ihn mit dem Schwert aufzuspießen im Augenblick eine gewisse Anziehungskraft hatte.

„Versprichst du es?"

Avril wollte kein Versprechen geben, das sie nicht halten könnte, aber sie wusste, dass Kimbery sonst nicht zu halten sein würde. „Ich verspreche es, wenn du versprichst, nicht vor die Tür zu gehen."

„Ich verspreche es." Avril nickte zustimmend und als sie sich umwandte, fügte Kimmie noch traurig hinzu: „Bring ihn wieder nach Hause, Mama."

Nach Hause. Das hier war nicht sein Zuhause. Aber sie konnte nicht leugnen, dass auch sie selbst nach nur ein paar Tagen angefangen hatte, Brandr als Teil ihrer kleinen Familie zu sehen.

Ohne ein Wort eilte sie durch die Tür und rannte zum Strand, um ihre Beute einzuholen.

Brandr merkte gar nicht, dass er verfolgt worden war, bis er spürte, dass etwas Spitzes ihm in den Rücken stieß.

„Bleibt stehen."

Er erstarrte. Das war mit Sicherheit die Spitze ihres mit Edelsteinen besetzten Schwertes. Er wusste, dass er es hätte mitnehmen sollen. Aber wie hatte sie ihn gefunden? Es war eine gute Meile von ihrer Kate bis zum Ufer.

Als er nach unten blickte, merkte er, dass die Wellen, die über den Sand liefen, seine Schritte nur zum Teil verwischt hatten. Sie hatten auch jedes Geräusch ihrer Verfolgung überdeckt.

Seine Schultern sanken. Er hatte gehofft, dass er einer Konfrontation aus dem Wege gehen könnte. Er hatte gehofft, dass er still fliehen könnte und dass Avril denken würde, dass er ein harmloser Feigling war wie Loki – ein Knappe, der sie verlassen hatte, der es aber nicht wert war, dass man ihn verfolgte.

„Wo glaubt Ihr, dass Ihr hingeht?"

„Weg."

„Ohne ein Wort?", fragte sie offensichtlich verärgert. „Ohne sich zu verabschieden?" Sie stupste ihn mit dem Schwert und er zuckte zusammen. „Wie konntet Ihr das einem süßen kleinen Mädchen wie Kimbery antun?"

Brandr merkte, dass Kimbery nicht die einzige war, die

von seiner Flucht getroffen war. Aber er traute sich nicht, Avril wissen zu lassen, wie er sich wirklich fühlte. „Sie wird darüber wegkommen."

Seine kalten Wörter hingen in der Luft, während eine Welle an den Felsen brach und das Wasser über den Sand zischte.

„Darüber wegkommen?", bellte sie. „Ihr verdammter. Mistkerl."

Er spannte sein Kinn gegen die aufkommenden Schuldgefühle an.

„Sie hat Euch Papa genannt", sagte sie.

Er schloss die Augen gegen den Schmerz.

„Ihr sollt verflucht sein, Wikinger", knurrte sie. „Ich hätte Euch freigelassen."

„Ich weiß."

Sie keuchte hinter ihm. „Wenn Ihr es wusstet, warum habt Ihr Euch dann wie ein Räuber davongeschlichen? Kimbery hat Euch vertraut." Ihre Stimme brach. „Ihr habt ihr etwas bedeutet."

Er runzelte die Stirn. Kimbery bedeutete auch ihm viel. Sie hatte ein willkommenes Licht in sein Leben zurückgebracht, eines, das ausgelöscht worden war, als ihm seine Kinder genommen worden waren. Was Avril betraf, fürchtete er, dass seine Gefühle für sie viel tiefer waren.

Er ballte die Hände zu Fäusten und sprach mit einer Oberflächlichkeit, die er nicht empfand. „Sie ist ein Kind. Sie wird mich vergessen."

Er hatte ihr Schluchzen noch im Ohr, aber sie hatte ihren Schmerz so schnell vergessen. Er spürte einen weiteren Stoß des Schwertes, so dass er zusammenzuckte.

„Warum würdet Ihr etwas so schmerzliches tun? Warum würdet Ihr sie verlassen?"

„Es ist zu ihrem eigenen Wohl.

Ihr habt es doch selbst gesagt.", knurrte er. „Ihr Hurensohn ..." Plötzlich schlug sie ihm mit der Breitseite ihres Schwertes auf den Hintern. „Was zum Teufel soll das heißen?", fragte sie. „Ihr werdet an meinem Strand angeschwemmt, schlaft unter meinem Dach, esst mein Essen, freundet Euch mit meiner Tochter an und plötzlich beschließt Ihr, aus ihrem Leben zu gehen ... zu ihrem eigenen Wohl?"

Brandr beschloss, sie nicht daran zu erinnern, dass dies die Dinge waren, bei denen er keine Wahl gehabt hatte. Schließlich war sie verärgert und hatte ein Schwert in der Hand. „Es ist zu ihrem Wohl. Ihr habt es selbst gesagt. Ich bin ein böser Mann."

„Ihr wisst, dass das nicht stimmt."

„Nicht?" Es war am besten, wenn sie weiter glaubte, dass er ein herzloser Rohling war. Sie zu verlassen wäre doppelt so schwer, wenn sie ihn bat zu bleiben. „Ich bin ein Wikinger, ein Plünderer, ein Eindringling."

„Sie mochte Euch. Sie hat Euch sogar geliebt."

Brandr drückte die Augen fest zu. Er wusste, dass Avril nun nicht mehr von Kimbery sprach.

Er hörte den Schmerz in ihrem verärgerten Murmeln. „Verdammt, hat sie Euch nichts bedeutet? War das alles nur eine List? Wie konntet Ihr sie glauben lassen, dass Ihr etwas für sie empfindet und sie dann ... einfach verlassen?"

Brandr wollte nicht antworten. Es wäre besser für alle, wenn er nichts sagte. Aber die Worte sprudelten heraus.

„Glaubt Ihr, dass es einfach war?", fragte er über die Schulter. „Einfach so wegzugehen? Sie zu verlassen, wenn ich doch wusste, dass sie mir vertraute? Glaubt Ihr, dass es einfach war, sie zu verlassen, wenn ich doch wusste, dass ich ihr das Herz brach?"

„Aber warum dann?", schluchzte sie. „Warum seid Ihr weggelaufen?"

„Ich musste es tun."

„Ihr seid ein Feigling", sagte sie mit Bitterkeit in der Stimme, „so, wie alle Männer die ich je gekannt habe."

„Nay!", beharrte er und wollte sie das nicht glauben lassen. „Der Mann, der Euch vergewaltigt hat, war ein Feigling. Der Mann, der Euren Vater getötet hat, war ein Feigling. Die Männer, die Euer Land gestohlen haben, waren Feiglinge."

„Und Ihr seid keiner?"

„Nay! Ich versuche, Euch zu beschützen."

„Ich kann mich selbst beschützen."

„Nicht vor mir."

„Das macht keinen ..."

„Ich bin verflucht, Avril", brachte er heraus. „Ich bin ... verflucht. Jeder, der mir etwas bedeutet hat, wurde mir genommen. Meine Frau. Meine Kinder. Mein Dorf. Meine Männer." Sein Hals machte sich zu, aber er zwang sich, die Worte zu sagen. „Ich werde nicht zulassen, dass Kimbery etwas passiert. Und ich werde nicht zulassen, dass Euch etwas passiert."

Einen Augenblick lang waren nur die hereinströmende Flut und das Kreischen einer einzigen Möwe über ihnen zu hören.

Dann reagierte Avril überrascht auf seine Beichte. „Ich bedeute Euch etwas?"

Er ließ den Kopf hängen und seufzte. Stand es ihm nicht ins Gesicht geschrieben? Er schmunzelte reumütig. „Ach, meine piktische Verführerin", sagte er kopfschüttelnd, „es ist noch viel schlimmer. Ich fürchte, dass ich Euch liebe."

Avril war sprachlos. Sie senkte das Schwert, als sie seine Worte verstand. Keiner hatte das jemals zu ihr gesagt. Sie wusste nicht, wie sie reagieren sollte. Sie hatte sich vorgestellt, wie es wäre, Brandrs Frau zu sein und eine Familie mit ihm zu gründen. Sie hatte sich niemals vorgestellt, dass er ihr gegenüber bereits Gefühle hegte.

Sie starrte überrascht auf den Feind, den sie erst vor wenigen Tagen auf genau diesem Strandabschnitt entdeckt hatte. Sein langes, blondes Wikingerhaar fiel ihm über die Schulter und über seinen breiten Rücken. Obwohl er immer noch ein Fremder war, schien er kein Feind mehr zu sein.

Jetzt sah sie eine Möglichkeit für eine helle Zukunft ... für Kimbery, für sich selbst und für den schiffbrüchigen Nordmann. Sie *könnten* ein Leben zusammen beginnen. Sie *könnten* einen Platz in der Welt finden. Sie musste Brandr nur noch davon überzeugen.

Er blickte über seine Schulter. Er verstand ihr Schweigen und ihr gesenktes Schwert falsch und fragte ernst: „Lasst Ihr mich jetzt gehen?"

Sie zog die Schwertspitze so schnell wieder hoch, dass es ihn erschreckte. „Nicht so schnell, Wikinger." Hoffnung keimte in ihr, obwohl ihre Augen sich mit Tränen des Glücks füllten. Sie würde den Nordmann irgendwie überzeugen, dass er blieb, selbst wenn sie ihn ein Jahr lang in ihrer Kate anbinden musste. „Ich dachte, dass Ihr gesagt hättet, dass Ihr kein Feigling wärt."

Er antwortete nicht.

Sie fuhr fort. „Ihr seid ein verfluchter Nordmann! Ihr spannt Eure Muskeln an, rasselt mit Euren Schlachtäxten und sprecht von großartigem Krieg. Und doch lauft Ihr vor einem *Fluch* davon?"

Er ballte die Fäuste, blieb aber still.

„Also", sagte sie, „ich glaube nicht an Flüche. Glaubt ihr, dass Ihr der einzige Feind des Glücks seid? Ich habe auch alles verloren. Ich habe schlechte Zeiten gehabt, in denen ich aufgeben wollte. Ich hatte Augenblicke der Schwäche, in denen ich überlegt habe, warum ich überhaupt weiterleben sollte. Aber ich habe niemals aufgegeben. Ich habe die Verzweiflung nicht einmal die Oberhand gewinnen lassen. Ich habe nicht einmal ..."

„Mama!", rief Kimbery plötzlich hinter ihr.

Avril zuckte vor Überraschung zusammen.

„Kimbery!", rief sie und drehte sich, um ihre Tochter zu schimpfen. „Ich habe dir gesagt, dass du ..."

Aber als sie sah, dass Kimmie nicht allein gekommen war, rutschte Avril ihr Herz in die Hose, ihre Knie wurden weich und sie ließ fast ihr Schwert fallen. Das kleine Mädchen saß fröhlich auf den Schultern von einem von ungefähr einem Dutzend wilder Wikinger, die sich auf ihrem Strand niedergelassen hatten.

„Schau!", krähte Kimbery und schien ihr Entsetzen gar nicht zu merken. „Ich bin ein Frostriese!"

Avrils kriegerische Instinkte sagten ihr, dass sie keine Schwäche zeigen dürfte, dass sie nicht wanken und nicht

betteln sollte. Vor fünf Jahren, als sie am Grab ihres Vaters nach der brutalen Vergewaltigung stand, hatte sie sich geschworen, dass sie sich niemals wieder vor einem Wikinger ducken würde.

Aber vor fünf Jahren hatte sie noch keine Tochter, für die sie sterben würde.

„Nay", brachte sie heraus, „bitte. Tut ihr nichts." Sie betete, dass sie ihre Worte verstehen könnten. Oh Gott, dachte sie, was, wenn sie Kimbery stehlen wollten? Was, wenn sie mit ihr gen Norden segelten? Was, wenn Avril sie niemals wiedersah?

Zitternd vor Angst nahm sie ihr Schwert von Brandr weg und legte die Waffe vorsichtig auf den Boden. „Nehmt ihn. Nehmt Brandr. Aber gebt mir meine Tochter zurück."

KAPITEL 11

randr drehte sich mit erhobenen Fäusten und finsterem Blick um und war bereit, mit jedem zu kämpfen, der die Frauen, die er liebte, bedrohte. Er senkte seine Arme sofort, als er sah, wer da war.

„Halfdan?", fragte er ungläubig. „Ragnarr?" Erleichterung und Freude überkamen ihn. Hinter Avril standen seine Brüder – in einem Stück, gesund und grinsend. Mit der Gnade Odins waren sie unversehrt durch den Sturm gekommen und hatten ihre Männer mitgebracht. „Ihr lebt!"

Er eilte vor, um seine Brüder zu umarmen.

„Was ist mit Euch passiert?", fragte Ragnarr und zeigte auf seinen geschienten Unterarm.

Seine Verletzung war das Geringste von Brandrs Problemen. „Ein Kratzer", sagte er mit einem Schulterzucken. „Aber wie habt Ihr mich gefunden?"

Halfdan runzelte die Stirn. „Wir sind den Wrackteilen Eures Schiffs gefolgt."

Brandr nickte. Danach folgte eine lange nachdenkliche Stille, während jeder an jene dachte, die den Tod gefunden hatten. Dann räusperte sich Ragnarr und verkündete: „Eure Männer tafeln zweifellos in Walhalla."

Alle jubelten zustimmend.

„Aber es ist schon Tage her", sagte Brandr. Die Wrackteile müssen abgetrieben sein. Wie konntet Ihr wissen, dass Ihr mich hier suchen müsstet?"

Halfdan verzog den Mund zu einem leichten Lächeln. „Das hat vielleicht etwas mit dem kleinen Mädchen zu tun, das vor der Tür ihrer Kate stand und so laut sie konnte ‚Brandr! Brandr!' brüllte."

Darüber musste Brandr lächeln. Kimbery saß glücklich auf den Schultern des grimmigen Axlan, als wäre er ihr Lieblingsonkel.

„Erzählt mir", forderte Ragnarr ihn auf, verschränkte die Arme und hob eine Augenbraue in Richtung Avril, „wie kommt es, dass mein großer Bruder am spitzen Ende des Schwertes eines piktischen Weibes gelandet ist?"

Brandr war so dankbar seine Brüder zu sehen, dass ihn der Spott nicht ärgerte. Er würde später noch genug Zeit haben, seinen Stolz zu retten. Aber als er zurück zu Avril schaute, sah er, dass sie blass vor Angst geworden war. Sie verstand ihre Sprache nicht. Sie wusste nicht, wer sie waren oder was sie vorhatten. Und ihr Blick war auf Kimbery konzentriert.

Er wechselte wieder in die piktische Sprache. „Avril, es ist in Ordnung. Sie werden Euch nichts tun."

Er wusste natürlich, dass sie keinen Grund hatte, ihm zu vertrauen. Er hatte sie manipuliert. Er hatte sie verraten. Er hatte sie im Stich gelassen.

„Bitte Brandr", sagte sie fast unhörbar. „Bitte nehmt sie nicht. Nehmt Kimbery nicht mit."

Er runzelte die Stirn. Es würde ihm nicht im Traum einfallen, einer Mutter ein Kind wegzunehmen. Keiner seiner Männer würde das tun. Er hätte den Berserker am liebsten erwürgt, der sie so sehr verletzt hatte, dass sie ihn jetzt zu einer solchen Grausamkeit für fähig hielt.

Aber als er sie ansah, blitzte ein Funkeln verzweifelten Muts in ihren Augen auf und bevor er sehen konnte, was sie vorhatte, hechtete sie nach ihrem Schwert. Im Nu hatte sie die Waffe aufgehoben und hielt die Spitze an seinen Hals.

„Lasst sie runter!", brüllte sie die Männer an. „Lasst sie jetzt sofort runter!"

„Nay!", heulte Kimmie protestierend.

„Lasst sie runter oder ich schneide ihm die Kehle durch!"

Brandr erstarrte. Mit einer Bewegung seines geschienten Arms hätte er das Schwert wahrscheinlich beiseite schlagen können, aber es war riskant. Er wusste, dass es besser war, nicht zwischen eine Mutter und ihr Kind zu geraten.

„Avril", sagte er, „sie wollen ihr nichts ..."

„Still!", bellte sie.

„Frau", sagte Halfdan in gebrochenem piktisch, „ihr seid nur eine. Wir sind viele. Nehmt Euer Schwert herunter."

Avril zitterte, aber ihre Klinge wackelte kein bisschen. „Nay."

Ragnarr runzelte die Stirn. „Nay?"

„Nay", sagte sie. „Lasst sie runter oder ich bringe ihn um."

Brandr zuckte zusammen, als mehrere seiner Männer provozierend klatschten.

„Mir ist es ernst", brachte sie heraus. „Lasst sie runter, geht wieder auf Euer Schiff und segelt weg von hier oder ich schwöre, dass ich ihm die Kehle durchschneide."

Die meisten der Männer glaubten, dass sie bluffte. Frauen brachten keine Leute um, schon gar keine Nordmänner, die doppelt so groß waren wie sie. Unbeeindruckt von ihrer Drohung, zog Halfdan sein Schwert. Und als Ragnarr seine Arme ausbreitete, hielt er zwei Äxte. Eine Katastrophe bahnte sich an. Brandr musste versuchen, die Lage zu beruhigen, bevor das Ganze zu einer hässlichen Schlacht wurde.

„Wartet!", rief er. Avril glaubte vielleicht, dass sie einen Vorteil hätte, aber Brandr hatte seine Brüder und ihre Männer im Krieg gesehen. Keiner stellte sich gegen sie und überlebte. Es war an ihm, eine gewaltsame Auseinandersetzung zu verhindern. „Tut ihr nichts!"

„Ihr nichts tun?", echote Halfdan fasziniert. „Falls es Euch noch nicht aufgefallen ist, sie hält die Klinge an Euren Hals."

„Sie wird es nicht tun", sagte Brandr und hoffte, dass er Recht hatte. „Sie wird mich nicht töten."

„Das stimmt", sagte Ragnarr, „weil wir sie töten werden, bevor sie Gelegenheit dazu hat."

„Nay! Sie hat mir das Leben gerettet." Das stimmte zwar nicht ganz, aber er wusste nicht, was mit ihm passiert wäre, wenn sie ihn nicht in ihre Kate gezogen hätte. Wahrscheinlich hätte ihr Nachbar ihn gefunden, getötet und eine Jagdtrophäe aus ihm gemacht.

„Euer Leben gerettet?", spottete Halfdan. „Euer Leben scheint sie jetzt nicht allzu sehr zu interessieren."

Brandr seufzte. Halfdan hatte natürlich Recht. Aber wenn sie eine Stunde früher gekommen wären, wäre das eine ganz andere Geschichte gewesen. Er hätte ihnen erzählt, wie sie seinen Arm geschient, ihm zu essen gegeben und ihn vor einem Wikingerjäger beschützt hatte. Und er hätte Avril erklären können, dass seine Brüder nichts Böses im Sinn hatten und dass sie ihr nichts tun wollten.

Jetzt konnte er wohl kaum erwarten, dass sie ihm vertraute.

Aber vielleicht, jetzt, wo seine Brüder da waren und er nicht mehr schiffbrüchig und allein war und eine kleine Armee zur Verfügung hatte ...

Ihm kam eine brillante Idee und zum ersten Mal seit einem Jahr fing er an zu glauben, dass er vielleicht doch nicht verflucht wäre.

Zu drohen, dass sie Brandr notfalls töten würde, war das Schwierigste, was Avril jemals in ihrem Leben getan hatte. Aber ihre geliebte Tochter war in Gefahr. Nichts war wichtiger als Kimbery - nichts und niemand.

„Avril", sagte Brandr, „hört mir zu. Ihr wisst, dass Ihr mich nicht kaltblütig töten wollt. Das wäre ehrlos. Und Ihr handelt immer ehrenvoll."

Sie presste die Lippen zusammen. Obwohl ihr Blick wässerig wurde und sich ein dicker Kloß in ihrem Hals bildete, wenn sie daran dachte, zu was sie vielleicht gezwungen wäre, hielt sie die Stellung. Ihr wurde klar, dass ihr ihre Tochter Kimbery wichtiger war als die Ehre.

„Sagt ihnen, dass sie sie absetzen sollen", sagte sie heiser, „oder ich schwöre Euch, dass ich Euch hier an Ort und Stelle töte."

Er schien ihr zu glauben. „In Ordnung." Er sagte etwas zu seinen Männern. Sie stritten hin und her. Aber schließlich steckten sie ihre Waffen weg und knurrten dabei angewidert.

„Und Kimmie", brachte sie heraus. „Gebt mir meine Tochter zurück."

„Nay!", beschwerte sich Kimmie. Das eigensinnige kleine Ding biss sich auf die Unterlippe und hielt sich am Kopf des Mannes fest. Kimbery wusste, dass sie in Schwierigkeiten steckte, weil sie Avrils Anweisungen nicht befolgte und sie wollte der Strafe entgehen.

Aber Avril dachte gar nicht an Strafe. Sie wollte nur Kimbery sicher und gesund zurückbekommen.

„Ich habe keinen Fuß vor die Kate gesetzt, Mama", sagte Kimmie. „Wirklich nicht. Die Frostriesen haben mich mitgenommen."

„Brandr", sagte Avril und versuchte ihre Stimme ruhig zu halten, „sorge dafür, dass sie sie absetzen."

Er gab ihre Bitte weiter. Trotz Kimmies Proteste, hob der Mann das kleine Mädchen von seinen Schultern.

„Komm her, Kimmie", sagte Avril und ihr Herz schlug ihr bis zum Hals.

Kimbery schlenderte zögerlich in ihre Richtung und einen winzigen Augenblick lang verlor Avril ihre Konzentration. Aber in dem Augenblick und ohne Warnung benutzte Brandr den Arm, den Avril für ihn geschient hatte und schlug ihr Schwert beiseite und dann benutzte er seine gute Hand, um es aus ihrem Griff zu reißen. Sie keuchte immer noch verärgert, als er seinen geschienten Arm um ihren Hals legte und sie an seiner Brust festsetzte.

Sie kratzte und trat ihn, aber er lockerte seinen Griff nicht. In ihrer Verzweiflung rief sie: „Lauf Kimmie! Lauf!"

Kimbery war zwar ein eigensinniges kleines Mädchen, aber sie erkannte die Angst in Avrils Stimme. Sie gehorchte sofort, drehte sich um und rannte über den Sand in Richtung Kate. Die Männer beobachteten sie beiläufig.

Brandr atmete genervt durch. „In Ordnung", sagte er, „wir gehen alle zurück zur Kate. Avril, Ihr und ich werden einen *Althing* abhalten. Erinnert Ihr Euch noch daran, was das ist?"

Sie hatte kein Interesse daran, sich mit ihm zu unterhalten. Ihr war es nur wichtig, die Männer fern von Kimbery zu halten. Sie drehte sich fest in seinem Griff.

Er ignorierte ihren Kampf. „Ihr und ich werden über alles sprechen", erklärte er. „Zusammen, höflich und in Ruhe."

Mit unerschütterlicher Ruhe begann er sie über den Strand zurück zur Kate zu ziehen, wobei sie trat und schrie. Seine Männer folgten. Als sie endlich ankamen, war sie heiser und erschöpft, aber zumindest hatte sie die Befriedigung, dass sie sich gewehrt hatte. Dieses Mal war sie kein Opfer gewesen. Sie hatte alles getan, um sich und ihre Tochter zu beschützen.

„Kimmie!", rief Brandr.

„Nay!", rief Avril.

„Kimmie, komm heraus!"

Kimbery steckte den Kopf durch die Tür.

„Nay!", kreischte Avril. „Bleib da."

„Ihr wird nichts passieren, ich verspreche es", erklärte ihr Brandr. „Die Männer werden auf sie aufpassen."

Er sprach, als hätte sie eine Wahlmöglichkeit. In Wahrheit war sie ihnen ausgeliefert. Und wenn sie es recht überlegte, hatten Brandrs Männer Kimmie bis jetzt keinen Schaden zugefügt. Sie hätten sie entführen können, als sie sie zuerst entdeckt hatten. Sie hätten ihr Leben für Brandrs einsetzen können, hatten dies aber nicht getan.

Sie schluckte schwer. „Wenn sie sie auch nur anrühren ..."

„Das werden sie nicht, ich schwöre es. Sie ist in Sicherheit." Er verzog den Mund zu einem schiefen Lächeln. „Sie mag sie. Sie glaubt, dass sie die Frostriesen sind."

Sein ermutigendes Lächeln vertrieb ihre Ängste nicht wirklich. Zu ihrem Ärger rannte Kimbery eifrig auf den Mann zu, der sie auf den Schultern getragen hatte und legte ihre Arme liebevoll um seine Knie. Unbehaglich und entgegen besseren Wissens ließ Avril sich von Brandr in die Kate führen.

In dem Augenblick, als er die Tür hinter ihnen schloss, ließ er sie los. Sie stolperte ein wenig, und drehte sich zu ihm hin, um notfalls mit bloßen Händen zu kämpfen.

„Zieht Eure Klauen wieder ein, Kätzchen", sagte er. „Ich möchte nur reden."

Sie schaute ihn finster an und als ihr klar wurde, dass sie mit ihren Fäusten nicht gegen ein Schwert ankommen würde, senkte sie ihre Hände.

„Ich habe eine Idee", sagte er und begann nachdenklich vor dem Kamin auf und abzulaufen.

Sie berührte ihren Hals, der von dem Kampf gegen seinen geschienten Arm aufgeschürft war. „Eine Idee?" Sie konnte sich nicht vorstellen, was er wohl meinte.

„Meine Brüder und ich sind nicht gekommen, um zu erobern, sondern um uns niederzulassen", sagte er und gestikulierte mit ihrem Schwert. „Wir wollen nichts weiter als einen Ort, wo wir bleiben können. Ein Zuhause. Land."

Sie schaute finster und hörte nur halb zu und überlegte, wie sie ihm das Schwert entreißen könnte. Dann meinte sie: „Ich glaube nicht, dass Ihr alle in meine Kate passt, wenn Ihr daran gedacht hattet."

Er schmunzelte und fuhr dann fort. „Nay, ich habe einen viel besseren Plan." Er hörte auf, auf und abzugehen und hob eine Augenbraue in ihre Richtung. „Wie weit weg ist Rivenloch?"

Sie blinzelte. „Rivenloch?" Was dachte er sich bloß?

Er lächelte sie an. Es war ein bösartiges und hinterhältiges Lächeln.

Einige Male öffnete sie den Mund und schloss ihn dann wieder. Könnte er möglicherweise über das nachdenken, von dem sie glaubte, dass er darüber nachdachte?

„Ich habe eine kleine Armee von Nordmännern", sagte er. „Sie reicht aus, um eine Burg zurückzugewinnen, die unrechtmäßig ihrer wahren Erbin entrissen worden ist."

Einen Augenblick lang war sie perplex. Aber als sie in seine glitzernden blauen Augen schaute, keimte Hoffnung in ihr auf. „Meint Ihr das ernst?"

„Aye." Sein Gesicht war jetzt grimmig und plötzlich sah er wirklich aus wie ein kaltherziger, blutrünstiger Wikinger. „Wirklich?"

Avril starrte ihn mit großen Augen verwundert an. Vor wenigen Augenblicken noch was sie sicher gewesen, dass ihr Leben vorbei war. Jetzt schien es vielversprechender zu sein als sie sich jemals hätte träumen lassen.

Brandr drehte das Schwert in seiner Hand und reichte es ihr mit dem mit Edelsteinen besetzten Griff voran. Sie starrte darauf und wusste, dass die Entscheidung letztlich in ihren Händen lag. Er reichte ihr nicht nur ein Schwert. Er bot ihr seinen Schwertarm an. Er bot ihr die Macht seiner Männer an. Er bot ihr ihr Erbe an.

Sie fand keine Worte der Dankbarkeit und nahm das Schwert schweigend an. Als sie auf die funkelnden Steine am Griff blickte, blinkten diese, als wären sie bereit zur Schlacht. Aber einen kurzen Augenblick später stellte sie das Schwert in die Ecke.

Später würde Zeit für Krieg sein.

Jetzt wollte sie ihn lieben.

KAPITEL 12

Brandr wusste, dass Avril sich über sein Angebot freuen würde. Er hatte nur nicht gewusst, wie sehr. Und er hatte auch nicht erwartet, wie sie ihre Freude ausdrücken würde ... bis sie ihn rückwärts durch die Tür zu ihrem Schlafzimmer geschoben und dabei sein Gesicht mit Küssen bedeckt hatte.

Er zitterte, als sie ihre Hände unter sein Hemd legte und über seine Brust strich und keuchte überrascht, als sie ihn auf das Bett stieß. Sie kletterte auf ihn und hob sein Hemd, um ihre warmen Lippen auf sein nacktes Fleisch zu drücken. Diese piktischen Frauen waren ungewöhnlich aggressiv, beschloss er. Aber daran könnte er sich bestimmt gewöhnen.

Er lächelte, als sie ihren Arm besitzergreifend um seinen Hals schlang und seinen Mund mit ihrem bedeckte. Aber er hörte auf zu lächeln, als ihre andere Hand kühn unter den Bund seiner Hose schlüpfte.

Er atmete tief durch, als sie ihn überrumpelte und das Blut durch seine Lenden schoss. Von unerwartetem

Verlangen überwältigt, schloss er seine Augen und wurde bei ihrer Berührung erstaunlich schnell hart.

Sie schnurrte zufrieden, als ihre Finger sein Gemächt umschlossen und er gab ein lüsternes Knurren von sich. Sie legte ihren Mund auf seinen und tauchte ihre Zunge zwischen seine Lippen und instinktiv nahm er ihr Gesicht zwischen seine Hände und vertiefte den Kuss.

Ihre Finger krallten an den Bändern seiner Hose und er hob seine Hüfte, damit sie sie herunterziehen konnte.

Mit hektischer Eile hob sie ihre Röcke und positionierte sich so, dass sie ihn in sich aufnehmen konnte.

Sein verhungerter Körper wollte sie jetzt. Aber es passierte alles viel zu schnell. Obwohl er sich in den letzten paar Tagen unzählige Male vorgestellt hatte, wie es wäre, bei ihr zu liegen, war es nie so wie jetzt gewesen. Er hatte keine Zeit, sie zu verführen, keine Gelegenheit, ihren Körper kennen zu lernen, keine Möglichkeit, dass sich seine Augen an ihren Brüsten laben, er etwas in ihr Ohr zu flüstern, das seltsame Muster auf ihrer Schulter küssen und zärtlich an ihren Brustwarzen saugen, ihre Schenkel auseinander drücken und die süße Knospe streicheln könnte, die ihre Weiblichkeit beschützte.

Jetzt war es zu spät, um aufzuhören. Sie ergriff seine Handgelenke und verankerte seine Arme auf dem Bett und ließ sich mit Gewalt auf ihn herab, bis er bis zum Anschlag in ihr steckte.

Er stöhnte vor Vergnügen, während sie es mit ihm trieb und ihn wie ein Pferd tritt, wobei sie mit einem fordernden Rhythmus gegen seine Hüften stieß und ihn mit rücksichtsloser Geschwindigkeit an den Rand des Höhepunktes brachte.

Es war schon so lange her und wenn sie ihn nicht überrumpelt hätte, wenn er von seinen eigenen Bedürfnissen nicht so völlig davongetragen worden wäre, wäre er gezwungen gewesen, sie zu bremsen. Aber wie ein Junge, der zum ersten Mal liebte, war er jenseits der Vernunft und außer Kontrolle.

Bevor sie noch einen Atemzug machen konnte, begann das Blut in seinen Adern zu kochen. Ein Blitz durchfuhr ihn. Verlangen stieg in ihm auf und tobte wie eine Sturmflut und wurde dann in einem durststillenden Rausch befreit.

Mit einem ekstatischen Brüllen wölbte er sich in ihren einladenden Leib und pulsierte die Wellen des geschmolzenen Feuers heraus. Er hörte, wie sie seufzte und als er in der Lage war, sie anzuschauen, erblickte Brandr den berauschenden Triumph auf ihrem Gesicht.

Er erschauderte angesichts der Kraft seiner Erlösung, während sie mit einem heiseren, erfreuten Kichern antwortete. Er konnte keinen zusammenhängenden Gedanken fassen und schon gar keine Worte sagen und lag einfach unter ihr und keuchte wie ein erschöpftes Schlachtross.

Während er zu Atem kam, strich sie mit ihren Fingern über die Wölbung seines Oberarms. Sie biss sich auf die Unterlippe und er konnte das unbefriedigte Verlangen in ihren Augen sehen.

Er war noch nicht mit ihr fertig. Dieses übereilte Beiliegen war viel zu schnell und einseitig gewesen. Aber es hatte schon mal die erste Lust befriedigt und jetzt könnte er sich Zeit nehmen mit dem heißblütigen Weib.

Avril wusste, dass jetzt alles gut werden würde.

Sie hatte Brandr für sich gewonnen und zwar mit Leib und Seele. Er würde sie jetzt heiraten und Kimbery einen Namen geben. Er hatte sogar versprochen, Rivenloch und ihre rechtmäßige Stellung zurückzuholen. Nichts war so berauschend wie die Kontrolle wiederzuerlangen. Endlich würde alles in Ordnung gebracht werden und sie würde ihre Befehlsgewalt zurückgewinnen.

Und doch war ihr klar, während sie auf Brandrs breite Brust blickte und die Konturen seiner muskulösen Arme nach zeichnete und zitterte, als sein Atem über ihre Haut strich, dass sie sich weniger wie eine Burgherrin und Befehlshaberin einer Burg fühlte, sondern eher wie eine müde Katze, die gestreichelt werden wollte.

Das Gefühl machte ihr Sorgen. Ihr Herz schlug zu schnell. Ihre Reflexe waren zu langsam. Sie fühlte sich fiebrig und schwach, als wenn ihre Knochen im Begriff waren zu schmelzen. Und das Gefühl wurde noch schlimmer, als sie spürte, wie er in ihr wieder anschwoll.

Sie wusste, dass sie sich zurückziehen sollte. Sie war zu exponiert, zu zerbrechlich und zu verletzbar. Wenn sie nicht aufpasste, wäre sie offen für einen Angriff. Sie würde ihm ausgeliefert sein, so wie sie jenem Berserker ausgeliefert gewesen war.

Und doch ...

Irgendwie konnte sie sich nicht lösen. Und obwohl ihr Kopf schrie, dass sie fliehen sollte, solange sie die Chance hatte, ihren Schild heben und ihr zu Herz beschützen, wurde sie auf seltsame Art und Weise von ihm angezogen, während sie in seine Augen blickte und das Heben und Senken seiner prächtigen Brust spürte.

Und als sich sein Mund zu einem faulen Lächeln verzog und er über ihre Unterlippe mit der Rückseite seiner Hand strich und sie das Pulsieren seines Bedürfnisses in ihr spürte, wusste sie, dass es zu spät war zu fliehen.

Sie hatte die Augen geschlossen und ihr Mund öffnete sich bei seiner Berührung. Ein seltsames warmes Glühen umgab sie, beruhigte ihre Angst und regte ihren Appetit an. Ihre Finger drückten nun fester in sein Fleisch, während er zärtlich ihre Wange streichelte.

Sie atmete schneller, als seine Finger zu ihrem Hals wanderten und an einer Stelle liegen blieben, wo ihr Puls jetzt raste. Sie schluckte schwer und wusste, dass er sie mit einer Hand erwürgen könnte und vertraute doch darauf, dass er es nicht tun würde.

Tatsächlich bewegte sich seine Hand so zärtlich an ihrem Hals entlang und strich über ihr Schlüsselbein und schlüpfte unter ihr Kleid und sie verspürte kein Verlangen, sich zu widersetzen. Langsam zog er das Gewand von ihrer Schulter und strich mit den Fingern über das tätowierte Muster dort.

„Was ist das?", flüsterte er.

Sie runzelte die Stirn und erschrak, dass er zu ihr sprach. Die Männer, bei denen sie zuvor gelegen hatte, hatten nie ein Wort gesagt und sie hatte ihnen auch keine Gelegenheit dazu gegeben. Sie hatte ihre Gedanken nicht wissen wollen. Sie hatte ihre Körper benutzen wollen und war dann fertig mit ihnen.

Es war befremdlich. Nichtsdestotrotz schaffte sie es, ihm zu antworten. „Ein endloser Knoten."

„Es ist schön", murmelte er. „Was bedeutet es?"

Sie zögerte und fühlte sich bei seiner Frage unbehaglich. Irgendwie machte der Austausch von Worten das, was sie taten, noch intimer. Sie konnte nicht vortäuschen, dass er nur ein weiterer Körper war. Das Sprechen zwang sie, zuzugeben, dass er ein Mann mit Gedanken und Ideen und Absichten war.

Obwohl es ihr schwerfiel, antwortete sie ihm flüsternd. „Die drei Kreise bedeuten ... Geist ... Leben ... und Liebe."

„Aha." Seine linke Hand verließ dann ihre Schulter und strich über ihren Knöchel, der unter seiner Hüfte lag. „Und dieses?"

Lüsterne Lethargie machte ihre Stimme rau und sie hörte sich fremd an. „Ein zerbrochenes Schwert zu Ehren meines Vaters."

Er schwieg einen Augenblick. Dann fragte er: „Hat es wehgetan?"

Seine rätselhafte Frage ließ sie ihre Augen öffnen. Dann fiel ihr ein, dass er keine solchen Markierungen auf seiner Haut hatte. Ihre Muster mussten ihm fremd erscheinen.

„Nay", sagte sie.

Er schaute sie zweifelnd an.

„Ein bisschen", gab sie zu.

Er grinste sie wieder an und das liebevolle Schimmern in seinen Augen brachte sie dazu, sein Lächeln zu erwidern. Plötzlich spürte sie mehr als nur die Hitze der Lust und des Verlangens. Da war auch die angenehme Wärme eines gesicherten Feuers. Und während er ihren Blick hielt, spürte sie, dass sie ganz leicht die Kohlen dieses Feuers wieder zum Leben entfachen könnte.

Ihr Blick fiel auf seinen Mund und schon sehnte sie sich

danach, ihn wieder zu schmecken. Als wenn sie durch seine Willenskraft zu ihm gezogen würde, schloss sie die Augen und neigte sich zu ihm.

Dieses Mal stellte sie keine Forderungen an ihn, sondern ließ ihn führen. Sein Kuss war zärtlich wie die Berührung einer Biene auf einer Blüte und schon bald erfüllte ein angenehmes Summen ihren Kopf. Immer wieder probierte er den Nektar ihrer Lippen, bis sie sich nach mehr sehnte.

Sie keuchte an seinem Mund und er löste die Bänder ihres Kleides und zog es ihr ganz von den Schultern. Als es an ihren Brüsten hängen blieb, befreite er es, wobei er eine Fingerspitze unter den Stoff steckte. Als sein Handknöchel an ihre Brustwarze strich, schwoll das Verlangen in ihr an wie eine Ozeanwelle, die sie mit ihrer mächtigen Strömung herunterzog.

Sie schlang ihre Beine um seine Hüften und bewegte sich gegen ihn. Aber er weigerte sich, ihr wieder nachzugeben und konzentrierte sich stattdessen auf ihren nackten Busen. Er küsste sie entlang ihres Halses und auf ihre Brust und hielt inne, als er zu dem etwa einen Zoll langen, hervortretenden Streifen Fleisch kam.

„Eine Narbe aus einer Schlacht?", murmelte er.

Sie nickte und er strich mit der Zunge darüber, bevor er den Weg in Richtung ihrer Brustwarze fortsetzte. Als er dort zärtlich saugte, schrie sie überrascht über das göttliche Gefühl auf.

Gerade als sie dachte, sie würde vor Vergnügen platzen, bewegte er sich zu der anderen Brust und brachte ihr die gleiche Aufmerksamkeit entgegen. Sie stöhnte und ihre

Finger verkrallten sich in seinem Haar, um ihn nah an sich zu halten.

Während sie sich noch dem Genuss hingab, tauchte seine Hand unter ihre Röcke und strich über ihre Oberschenkel nach oben. Obwohl sie wusste, wo er hinwollte, war sie nicht auf den Schock vorbereitet, als seine Fingerspitze sie an der Stelle berührte, wo ihre Körper verbunden waren.

Er streichelte sie dort zärtlich und sie schloss die Augen, während sie in lähmender Euphorie gefangen war. Sie wölbte sich beschwingt und doch schmachtend zu ihm, weil sie wusste, dass sie noch etwas mehr wollte, etwas, das sie weder definieren noch verstehen konnte.

Dies war viel mächtiger als der Rausch seiner Kapitulation. Es war die wilde Gier, die sie befriedigte und gleichzeitig quälte. Sie war verloren in einem Nebel von Gefühlen und trotzdem gezwungen weiter zu segeln.

Erst als sein Arm um ihre Schultern geschlungen und sein Oberschenkel besitzergreifend über ihren Po geschlungen war, als er versuchte, sie auf ihren Rücken zu rollen, erstarrte sie.

Nur einmal hatte ein Mann sie jemals dominiert. Und das war gegen ihren Willen gewesen. Nachdem sie vergewaltigt worden war hatte sie niemals mehr einem Mann erlaubt, sie auf ihren Rücken zu werfen. Sie war nur einmal hilflos gewesen. Und sie hatte geschworen, dass das nie wieder passieren würde.

„Nay!" Sie vergrub ihre Nägel in seinen Schultern und war bereit, sich ihm mit aller Macht zu widersetzen.

Zu ihrer Überraschung reagierte er sofort, löste seinen

Griff und zog seine Hände zurück. Sie musterte sein Gesicht und überlegte, was für ein Spiel er da spielte.

Aber sie sah nur geduldige Zuneigung in seinen Augen. Und während er unterwürfig unter ihr lag und ihr Zeit zum Nachdenken gab, war sie gezwungen, sich mit ihren Dämonen auseinanderzusetzen. Es dauerte nicht lange, bis ihr die Wahrheit klar wurde, dass diese Dämonen tatsächlich nur in ihrer Fantasie existierten.

Brandr war kein Berserker. Er wollte ihr nicht wehtun, sie nicht unterwerfen und sie nicht dominieren. Sie bedeutete ihm offensichtlich etwas. Er hatte ihr seine Liebe gestanden. Er hatte ihr seine Seele offenbart. Verflucht, er hatte sogar angeboten, für sie zu kämpfen. Warum war sie dann so zögerlich, ihm auch nur das kleinste bisschen Kontrolle abzugeben?

Wenn jemand von Macht besessen war, dann passierte es, wurde Avril klar. Schließlich hatte sie ihn als Gefangenen gehalten. Sie hatte dafür gesorgt, dass er ihr ausgeliefert war. Sie hatte ihn sich genommen. Was wollte sie denn noch? Musste er ihr zu Füßen liegen und ihr in allem nachgeben?

Angesichts ihres brütenden Schweigens lächelte er reumütig. „Vielleicht bedeute ich Euch nicht wirklich etwas."

Sie runzelte die Stirn. Wie konnte er das glauben? Sie hatte ihm praktisch das Leben gerettet. Sie hatte ihn mit Nahrung versorgt und in ihrem Haus aufgenommen. Sie hatte seinen Arm gerichtet. Sie hatte ihn vor ihrem Nachbarn beschützt. Wie konnte ein Mann ihr nichts bedeuten, der versprochen hatte, ihre Burg für sie zurückzuholen? „Natürlich tut Ihr das."

„Aber vertraut Ihr mir?“

Sie biss sich auf die Lippe. Es stimmte, dass sie gelernt hatte zurückhaltend zu sein, wenn es darum ging Männern zu vertrauen. Aber Brandr hatte nichts getan, um ihr Misstrauen zu verdienen. Selbst als sie dachte, dass er sie verraten würde, hatte er nur versucht sie zu beschützen. Sie blickte in seine erwartungsvollen Augen, die so schön und klar wie ein Sommerhimmel waren und dann senkte sie ihren Blick auf seinen verlockenden Mund.

Sie konnte es nicht zulassen, dass der verfluchte Berserker, der sie vergewaltigt hatte, gewinnen würde. Sie würde ihre jämmerlichen Brüder nicht gewinnen lassen. Sie würde es nicht zulassen, dass die Ereignisse der Vergangenheit ihre Chance auf Glück in der Zukunft zerstörten.

„Küsst mich noch einmal“, murmelte sie und war sich sicher, dass sie ihm doch *vertraute*.

Seine Berührung war zärtlich und lockend und tröstlich und erregend zugleich. Er nahm ihr Kinn und küsste sie so vorsichtig, als wäre sie eine zerbrechliche Muschel. Er strich ihr über das Haar mit dem sanften Streicheln des Ozeans, der den Seetang kämmt. Seine Finger strichen über sie wie die hereinkommende Flut, die über den Strand rauschte und nach und nach immer höher und weiter kommt.

Und dieses Mal, als sie freiwillig auf ihren Rücken rollte, fühlte es sich so natürlich an, wie wenn man sich im Meer beim Schwimmen drehte. Und als er so groß und bedrohlich wie eine Welle über ihr ragte, spürte sie keine Panik. Er bewegte sich mit der stetigen Trägheit des

Meeres und schaukelte sie vorsichtig im Strom, bis sie dort zusammen in der steigenden Glückseligkeit trieben.

Es dauerte nicht lange und sie merkte, dass dies wie keine andere Reise war, die sie jemals unternommen hatte. Das sinnliche Gewicht seiner Hüften, die faszinierende Berührung seiner Hände und das feurige Streicheln seiner Zunge brachten sie an einen Ort, wo sie noch nie zuvor gewesen war. In ihr entzündete sich ein Feuer und füllte sie mit einer glühenden Hitze. Ihr Körper bewegte sich von ganz allein und wandt sich vor Vergnügen. Ihre Finger drückten sich in den Muskel seines Pos und drängten ihn näher und als das nicht genug war, schlang sie ihre Beine um ihn und wölbte sich gegen den göttlichen Druck seines Bauches. Sie schloss die Augen fest und genoss die erotische Freude seines Fleisches auf ihrem, während er ihre Lust zu einem exquisiten Höhepunkt steigerte.

Sie segelten immer weiter in unbekannte Gewässer und Avril hing an ihm, halb ängstlich, halb besessen und suchte … suchte …

„Seht mich an", keuchte er plötzlich.

Sie konnte es nicht. Sie hatte sich noch nie so verletzbar und exponiert gefühlt. Wenn sie ihn die Hilflosigkeit in ihren Augen sehen ließ …

„Seht mich an", drängte er leise und hielt inne, um die Falte zwischen ihren Augenbrauen mit seinem Daumen zu glätten.

Mit einem leichten protestierenden Jammern, kam sie seiner Bitte zögerlich nach und ihr Gesicht wurde sofort rot vor Scham. Aber dann blickte sie in seine Augen – seine glitzernden, schwelenden, ozeanfarbenen Augen.

Während er sie mit reiner, schöner und unerschrockener Liebe anstarrte, verschwanden ihre Ängste. Eine Glückseligkeit überkam sie und machte sie weicher und tröstete sie. Und als er sich wieder in ihr bewegte, erhöhte die Zärtlichkeit zwischen ihnen ihr Verlangen.

Sie segelte mit ihm auf einer Reise zur Leidenschaft und die schöne Qual in seinen Augen trieb sie an, während sie sich stöhnend immer näher an den Rand der Welt bewegten und dann mit atemloser Intensität erlebten, wie die Zeit stillstand und die Erde herabfiel, durchfuhr sie ein Blitz mit überraschender Kraft und sie schrie laut vor Schreck, während Brandr ein tiefes Stöhnen von sich gab.

Ihr Höhepunkt war ein mächtiger Donner und sie hielt sich an ihm fest, während sie wieder zur Erde in das ruhige Meer fielen.

Lange Zeit trieb sie in der leichten Strömung und war meilenweit von allem entfernt und ließ die Wellen der Zufriedenheit über sich schwappen.

Allmählich lichtete sich der sinnliche Nebel und sie begann, kleine Dinge zu bemerken wie beispielsweise, dass ihr Rock unanständig um ihre Taille hing und eine entzückende Locke seines Haares ihm über die Stirn hing und dass ein hartes Objekt in ihren Rücken stach.

Stirnrunzelnd streckte sie die Hand hinter ihren Rücken und zog Kimberys Schieferplatte und ein Stück Kohle heraus.

Er hob den Kopf und grinste auf die verschmierte Platte. „Ihr habt jetzt vielleicht ein neues Muster auf Eurem Rücken.“

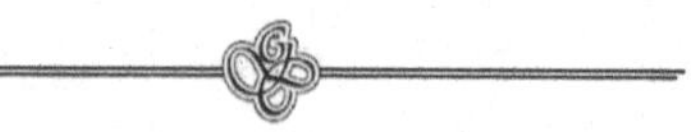

Sie lächelte zurück. „Ich nehme an, dass das eine Zeichnung von Euch sein könnte." Sie warf die Platte und die Kohle beiseite und hob die Hand, um die unwiderstehliche blonde Locke zu berühren. „Ich glaube, ich könnte mich an Eure *Althings* gewöhnen."

Er drehte ihre Hand, um sie auf die Handfläche zu küssen. „Komisch, aber ich kann mich gar nicht erinnern, dass sie jemals so erquickend gewesen waren."

Sie senkte den Blick auf seinen köstlichen Mund und er nahm ihre unausgesprochene Einladung sofort an. Sie waren mitten im Kus, als jemand laut an die Tür klopfte.

Avril keuchte und zog eine Decke hoch bis ans Kinn.

Brandr murmelte: „Meine Brüder befürchten zweifellos, dass Ihr mich mit Eurem Schwert durchbohrt habt." Mit einem letzten Kuss auf ihre Stirn stand er auf und zog seine Hose hoch.

Während sie sich eilig wiederherrichtete, nahm er Kimberys Schieferplatte und zeichnete mit der Kohle ein paar seltsame Runen darauf.

„Was steht da?", fragte sie.

Er lächelte sie voller Zuneigung und Schalkhaftigkeit schief an. „Papa."

Tränen der Freude und Dankbarkeit stiegen in ihr auf, als sie seine Hand nahm und ihn zur Tür zog. Sie freute sich darauf Kimbery zu sagen, dass sie die ganze Zeit Recht gehabt hatte.

Rivenloch wurde an seinen rechtmäßigen Erben zurückgegeben. Und an diesem Ort vermischten sich viele

Generationen von Wikingern und Pikten und heirateten untereinander, um die robuste Bevölkerung Schottlands zu schaffen. Die Nachkommen von Brandr und Avril hielten die Ehre hoch, aus der ihr Clan geschmiedet worden war. In ihren Adern floss der Mut und die Loyalität ihres Wikingervaters und ihrer piktischen Mutter. Sie verteidigten das Land mutig gegen Eindringlinge mit einer unbesiegbaren Armee, die durch die Verbindung ihrer beiden mächtigen und glorreichen Kulturen stark geworden war.

Aber eines Tages würde ihr Mut und ihre Loyalität auf den Prüfstand gestellt werden, weil ein so beeindruckender Feind nach Rivenloch kommen würde, dass Krieger mit unvergleichlichem Mut nötig wären, sich der Herausforderung zu stellen.

Diese Krieger würden Nachkommen eines Jahrhunderte alten Wikingers und seiner piktischen Braut sein und das Schicksal ihres Clans würde in ihren Händen liegen. Und so wurde die Legende der Kriegerinnen von Rivenloch geboren ...

ENDE

VIELEN DANK, DASS SIE MEIN BUCH GELESEN HABEN!

Hat es Ihnen gefallen? Wenn ja, posten Sie bitte eine Bewertung, damit Andere sie sehen können! Sie können einer Autorin kein größeres Geschenk machen, als die Liebe für ihre Bücher weiterzugeben.

Es ist wahrlich eine Freude und ein Privileg, dass ich meine Geschichten mit Ihnen teilen darf. Zu wissen, dass meine Worte sie zum Lachen oder Seufzen gebracht haben oder eine geheime Stelle in Ihrem Herzen berührt haben, ist das Salz in der Suppe und gibt mir den Mut, weiter zu machen. Ich hoffe, dass Sie unsere kurze, gemeinsame Reise genossen haben und dass ALLE Ihre Abenteuer gut ausgehen!

Wenn Sie mit mir in Kontakt bleiben wollen, können Sie sich gern für meinen monatlichen, elektronischen Newsletter unter www.Glynnis.net anmelden und dann erfahren Sie als Erste(r) alles über meine Neuerscheinungen, besondere Rabatte, Preise, verkaufsfördernde Maßnahmen und viel mehr!

Wenn Sie mich im täglichen Leben begleiten wollen ...
Freunden Sie sich mit mir auf Facebook an
Liken Sie meine Autorenseite auf Facebook
Folgen Sie mir auf Twitter
Und wenn Sie ein Super-Fan sind,
werden Sie Mitglied des Campbell – Leser Clans

Excerpt from

eine
gefährliche
braut

Band 1 der Reihe
Die Kriegerinnen von Rivenloch

Die grenzregion zwischen Schottland und England
Sommer 1136

„So. Wo ist denn das dritte Weib?", murmelte Sir Pagan
beiläufig und fühlte sich alles andere als wohl, während er
und Colin du Lac sich hinter dem schützenden Heidekraut
versteckten und zwei wunderschönen Mädchen zuschauten,
wie diese im Teich weiter unten badeten.

Colin erstickte fast an seiner Ungläubigkeit. „Bei Gott,
Ihr seid aber ein gieriger Kerl", zischte er. „Reicht es nicht,
dass Ihr Euch eine der Schönheiten da unten aussuchen
dürft? Die meisten Männer würden ihren rechten Arm
dafür geben – "

Die beiden Männer erstarrten, als die blonde Frau im
gleißenden Sonnenlicht Wasser über ihre cremefarbene
Schulter sprühte und dann so weit aus dem Wasser kam,
dass sie ein Paar perfekte Brüste zeigte.

Das Blut wich aus Pagans Gesicht und lief direkt in

seine Lenden, wo es einen heftigen Schmerz auslöste. Bei Gott, er hätte es gestern Abend in der letzten Stadt mit der lüsternen Dirne treiben sollen, bevor er hierherkam, um über Dinge zu verhandeln. Das hier war so töricht, wie Proviant mit einer vollen Börse und einem leeren Magen zu kaufen.

Aber irgendwie schaffte er ein unbeteiligtes Knurren trotz des überwältigenden Verlangens, dass seine Gedanken störte und seinen Körper verformte. „Colin, ein Mann kauft niemals ein Schwert", sagte er heiser, „ohne alle Schwerter in dem Laden zu überprüfen."

„Das stimmt, aber ein Mann streicht auch niemals mit dem Daumen über die Klinge eines Schwertes, das ihm der *König* geschenkt hat."

Da hatte Colin Recht. Wer war denn schon Sir Pagan Cameliard, als dass er ein Geschenk von König David infrage stellen würde? Außerdem wählte er ja keine Waffe aus. Es ging ja nur um eine Ehefrau. „Pah!" Er strich einen irritierenden Zweig des Heidekrauts aus seinem Gesicht. „Ich nehme an, dass eine Frau im Wesentlichen wie die nächste ist", knurrte er. „Es ist einerlei, welche von ihnen ich nehme"

Colin prustete vor Lachen. „Das sagt Ihr *jetzt*", flüsterte er und warf einen lüsternen Blick auf die Badenden, „jetzt, wo Ihr einen Blick auf die reiche Auswahl geworfen habt." Er pfiff leise, als die kräftigere der beiden Frauen unter die glitzernden Wellen tauchte und sie einen Blick auf ihre nackten, geschmeidigen Pobacken werfen ließ. „Glückspilz."

Pagan hielt sich in der Tat für einen Glückspilz.

Als König David ihm zuerst einen Landsitz in Schottland und dazu eine Ehefrau angeboten hatte, hatte er fast eine Burgruine erwartet und dazu ein altes, verwelktes Weib. Ein Blick auf die imposanten Mauern von Rivenloch hatten seine Ängste in dieser Hinsicht gelindert. Und er war erstaunt, dass die vorgesehenen Bräute köstliche Törtchen waren, die der König ihm auf einem Teller serviert hatte. Seine erregten Lenden waren der Beweis dafür.

Und doch verunsicherte ihn die Aussicht auf eine Ehe ungemein.

„Bei Gott, ich kann mich nicht entscheiden mit welcher ich es lieber treiben würde", überlegte Colin, „die Schöne mit den sonnengebleichten Haaren oder die Kurvige mit den wilden Locken und riesigen ..." Er seufzte schaudernd.

„Keine von beiden", murmelte Pagan.

„Beide", entschied Colin.

Deirdre von Rivenloch warf ihr langes blondes Haar über eine Schulter. Sie konnte die Blicke der Eindringlinge auf sich spüren und das schon seit einiger Zeit.

Es machte ihr nichts aus, dass sie beim Bad erwischt worden war. Die Schwestern litten weder unter übertriebener Sittsamkeit noch Scham. Wie könnte man sich dessen schämen, das zu haben, was *alle* Frauen hatten oder auch noch stolz darauf sein? Wenn ein verwirrter Junge sie zufällig lüstern anschaute, war das nur eine Dummheit seinerseits.

Deirdre strich sich mit den Fingern durch die nassen Locken und schaute verstohlen den Hügel hinauf in Richtung des dichten Heidekrauts und der Trauerweiden.

Die Augen, die sie gerade betrachteten, gehörten wahrscheinlich zu ein paar neugierigen Jugendlichen, die noch nie eine nackte Frau gesehen hatten. Aber sie traute sich nicht, Helena von ihrer Gegenwart zu erzählen, weil ihre ungestüme Schwester wahrscheinlich zuerst das Schwert ziehen und dann erst fragen würde, was sie denn wollten. Nay, Deirdre würde sich später selbst darum kümmern.

Jetzt musste sie erst mal eine ernsthafte Angelegenheit mit Helena besprechen. Und sie hatte nicht viel Zeit.

„Hast du Miriel aufgehalten?", fragte sie und strich eine Handvoll Seife aus Schafstalg über ihren Unterarm.

„Ich habe ihre *Saigabel* versteckt", vertraute ihr Helena an, „und dann habe ich ihr erzählt, dass ich zuvor einen Stalljungen in der Nähe ihres Zimmers gesehen hätte."

Deirdre nickte. Damit würde ihre jüngste Schwester eine Zeit lang beschäftigt sein. Miriel erlaubte niemandem, ihre kostbaren Waffen aus dem Orient zu berühren.

„Hör zu, Deirdre", warnte Helena, „ich werde es nicht zulassen, dass Miriel sich opfert. Es ist mir gleich, was Vater sagt. Sie ist zu jung um zu heiraten. Zu jung und zu ..." Sie seufzte voller Verbitterung.

„Ich weiß."

Beide erwähnten nicht, dass ihre jüngste Schwester nicht aus dem gleichen Holz geschnitzt war wie sie. Deirdre und Helena kamen nach ihrem Vater. Sein Wikingerblut floss in ihren Adern. Sie waren alle groß und stark und hatten einen eisernen Willen. Sie waren im ganzen Grenzland bekannt als die Kriegerinnen von Rivenloch und führten das Schwert, als seien sie damit geboren worden.

Ihr Vater hatte sie zu Kämpferinnen erzogen, damit sie vor keinem Mann Angst haben müssten.

Sehr zum Ärger des Lords war Miriel jedoch zart und nachgiebig wie ihre längst verstorbene Mutter. Ihr kriegerischer Geist war von Lady Edwina unterdrückt worden. Sie hatte darum gebeten, dass Miriel von dem, was sie die Perversion ihrer Schwestern nannte, verschont blieb.

Nachdem ihre Mutter verstorben war, hatte Miriel versucht, ihren Vater auf ihre eigene Art und Weise zu erfreuen, indem sie eine beeindruckende Sammlung an exotischen Waffen von reisenden Händlern zusammentrug; allerdings hatte sie weder das Verlangen noch die Stärke, diese zu benutzen. Kurzum, aus ihr war die demütige, milde, folgsame Tochter geworden, die ihre Mutter sich gewünscht hatte. Und so hatten Deirdre und Helena Miriel ihr ganzes Leben lang vor ihrer eigenen Hilflosigkeit und der Enttäuschung ihres Vaters beschützt.

Jetzt war es an ihnen, sie vor einer unerwünschten Ehe zu retten.

Deirdre reichte ihrer Schwester die Seife. „Nun glaube mir, ich habe nicht die Absicht, das Lamm zur Schlachtbank zu führen."

Helenas Augen funkelten streitlustig. „Also fordern wir diesen normannischen Bräutigam heraus?"

Deirdre runzelte die Stirn. Sie wusste, dass das Schlachtfeld nicht immer der beste Ort war, um einen Streit beizulegen, auch wenn dies ihrer Schwester nicht so klar war. Sie schüttelte den Kopf.

Helena fluchte leise und schlug enttäuscht auf das Wasser. „Warum nicht?"

„Dem Normannen zu trotzen ist, wie wenn man dem König trotzt."

Hel zog eine Augenbraue herausfordernd hoch. „Und?"

Deirdres Stirnrunzeln wurde noch ausgeprägter. Helenas Verwegenheit würde eines Tages ihr Niedergang sein. „Das ist Hochverrat, Hel."

Helena atmete verärgert laut aus und streckte ihren Arm. „Es ist wohl kaum Hocherrat, wenn wir von unserem eigenen König verraten wurden. Dieser Eindringling ist ein Normanne, Deirdre ... ein *Normanne*." Sie sagte das Wort, als wäre es eine Krankheit. „Pah! Ich habe gehört, dass sie so weich wären, dass sie sich noch nicht mal richtige Bärte wachsen lassen könnten. Und einige sagen, dass sie sogar ihre Hunde in Lavendel baden lassen." Sie schauderte angewidert.

Deirdre musste der Frustration ihrer Schwester und auch ihren Behauptungen zustimmen. Tatsächlich war sie genauso erzürnt gewesen, als sie erfuhr, dass König David die Vogtei von Rivenloch nicht an einen Schotten, sondern an einen seiner normannischen Verbündeten gegeben hatte. Aye, man sagte, dass der Mann ein kühner Krieger sei, aber er wusste bestimmt nichts über Schottland.

Die Angelegenheit wurde noch komplizierter, weil ihr Vater keinen Widerspruch eingelegt hatte. Aber der Lord von Rivenloch war schon seit Monaten nicht mehr bei vollem Verstand. Deirdre ertappte ihn oft, wenn er allein vor sich hinsprach, sich mit ihrer toten Mutter unterhielt und sich dauernd in der Burg verlief. Er schien in einer idyllischen Zeit in der Vergangenheit zu leben, in der seine Herrschaft außer Frage stand und sein Land sicher war.

Aber im Laufe der unsicheren Herrschaft Stephens hatten gierige englische Barone die Grenzregion verwüstet und in dem folgenden Chaos so viel Land an sich gerissen, wie sie konnten.

Also hatten die Schwestern im vergangenen Jahr die Krankheit ihres Vaters so gut wie möglich verheimlicht, um die Illusion von Stärke zu erhalten und zu verhindern, dass Rivenloch als leichte Beute angesehen würde. Deirdre hatte die Verwaltung des Besitzes übernommen und diente auch als Hauptmann der Wache; Helena war ihre Stellvertreterin und Miriel hatte sich um den Haushalt und die Buchhaltung gekümmert.

Sie waren ganz gut zurechtgekommen. Aber Deirdre war schlau genug zu wissen, dass sie mit einer solchen List nicht ewig durchkommen könnten. Vielleicht war das der Grund für die plötzliche Ernennung durch den König. Vielleicht hatten sich die Gerüchte über die Schwachsinnigkeit ihres Vaters verbreitet.

Deirdre hatte lange über die Angelegenheit nachgedacht und sich schließlich mit der Wahrheit abgefunden. Obwohl die Ritter auf Rivenloch mutig und fähig waren, hatten sie seit ihrer Geburt in keiner richtigen Schlacht mehr gekämpft. Und jetzt wurde die Grenzregion von landgierigen Kriegstreibern bedroht. Erst vor 14 Tagen hatte ein schurkischer englischer Baron auf unverschämte Art und Weise die schottische Burg bei Mirkloan angegriffen; diese lag keine 50 Meilen entfernt. Vielleicht wäre es gut für Rivenloch, wenn sie einen kampferprobten Krieger als Berater hätte, der sie bei ihrem Kommando anleiten könnte.

Aber die Nachricht mit dem Siegel König Davids, die letzte Woche eingetroffen war, und von der sie nur Helena erzählt hatte, enthielt auch den Befehl, dass eine der Rivenloch Töchter den Vogt heiraten sollte. Offensichtlich hatte der König die Absicht, dem normannischen Ritter eine dauerhaftere Stellung zu geben.

Die Nachricht traf sie wie eine Keule in den Magen. Angesichts der Verantwortung, die Burg zu verwalten, hatte keine der Schwestern auch nur im Entferntesten an Heirat gedacht. Dass der König eine von ihnen an einen Ausländer verheiraten würde, war unvorstellbar. Zweifelte David an Rivenlochs Loyalität? Deirdre konnte nur beten, dass diese Zwangsehe ein Versuch seinerseits war, den Landsitz zumindest zur Hälfte in den Händen ihres Clans zu belassen.

Sie wollte das glauben, musste es glauben. Ansonsten wäre sie versucht, selbst zum Schwert zu greifen und mit ihrer heißblütigen Schwester ein normannisches Blutbad zu veranstalten.

Helena war in das Wasser eingetaucht, um ihren Zorn abzukühlen. Jetzt sprang sie plötzlich prustend hoch, schüttelte ihren Kopf wie ein Hund und versprühte Tropfen in alle Richtungen. „Ich weiß es! Was, wenn wir diesen normannischen Bräutigam im Wald überfallen?", sagte sie eifrig. „Ihn überrumpeln. In Streifen schneiden. Die Banditen für seinen Tod verantwortlich machen?"

Einen Augenblick lang konnte Deirdre ihre blutrünstige kleine Schwester nur stumm anstarren, weil sie Angst hatte, dass diese es ernst meinen könnte. „Du würdest einen Mann überrumpeln und töten und einen gemeinen

Dieb für seinen Mord anklagen?" Sie schaute böse und griff wieder nach der Seife. „Vater hat dir den richtigen Namen gegeben, Hel wie Hölle, denn du bist auf dem Weg dahin. Nay", beschloss sie, „es wird niemand umgebracht. Eine von uns wird ihn heiraten."

„Warum sollten wir ihn heiraten müssen?", sagte Hel schmollend. „Ist es denn nicht widerwärtig genug, dass wir dem Mistkerl unsere Burg übergeben müssen?"

Deirdre ergriff ihre Schwester am Arm und schaute sie an. „Wir werden nichts übergeben. Außerdem, du weißt ja, wenn eine von uns ihn nicht heiratet, wird Miriel sich opfern, ob wir das wollen oder nicht. Und Vater *wird* es erlauben. Das können wir nicht zulassen."

Deirdre schaute ihrer Schwester ernst in die Augen und sie blickten einander an und waren sich einig, ohne ein Wort zu sagen, so wie es schon in ihren Kindertagen gewesen war; der Blick, der besagte, dass sie alles tun würden, um die hilflose Miriel zu beschützen.

Helena fluchte resigniert und murmelte dann: „Dummer Normanne. Er hat noch nicht mal einen richtigen Namen. Wer würde denn ein Kind auf den Namen Pagan taufen?"

Deirdre machte sich nicht die Mühe, ihre Schwester daran zu erinnern, dass sie auf den Namen Hel hörte. Selbst Deirdre musste jedoch zustimmen, dass Pagan kein Name war, der Visionen einer verantwortungsvollen Führung aufsteigen ließ. Oder von Ehre. Oder von Gnade. Tatsächlich hörte er sich eher an wie der Name eines barbarischen Wilden.

Helena seufzte schwer, nickte dann und nahm die Seife

wieder. „Dann werde ich es wohl sein. Dann werde ich diesen Möchtegern-Vogt heiraten.“

Aber Deirdre konnte das mörderische Glitzern in Hels Augen sehen und wenn es nach ihr ging, würde der neue Ehemann die Hochzeitsnacht nicht überleben. Und auch wenn Deirdre nicht über das Ableben des ungebetenen Normannen trauern würde, wollte sie trotzdem nicht, dass ihre Schwester vom König für seinen Mord gestreckt und gevierteilt wurde. „Nay“, sagte sie, „das ist meine Pflicht. Ich werde ihn heiraten.“

„Nun sei nicht töricht“, entgegnete Hel, „ich bin entbehrlicher als du. Außerdem“, sagte sie mit einem gerissenen Grinsen, während sie die Seife von einer Hand in die Andere warf, „werde ich den Mistkerl in Sicherheit wiegen und in der Zwischenzeit kannst du die Truppen für einen Überraschungsangriff zusammenrufen. Wir erobern Rivenloch zurück, Deirdre.“

„Bist du verrückt?“ Deirdre bespritzte ihre waghalsige Schwester mit Wasser. Sie hatte kein Verständnis für Helenas blindes Draufgängertum. Manchmal prahlte Hel wie ein Highlander und glaubte, dass ganz England von nur einem Dutzend kräftiger Schotten erobert werden könnte. „Es ist König *Davids* Wille, diesen Normannen mit einer von uns zu verheiraten. Was wirst du tun, wenn *seine* Armee kommt?“

Hel dachte schweigend über ihre Worte nach.

„Nay“, sagte Deirdre, bevor Hel sich den nächsten waghalsigen Plan ausdachte, „ich werden den Mist ... den Normannen heiraten“, sagte sie.

Helena schmollte einen Augenblick lang und versuchte

dann eine neue Taktik, wobei sie gerissen fragte: „Was, wenn er mich lieber mag? Ich habe schließlich mehr von dem, was ein Mann mag." Sie erhob sich aus dem Wasser und stellte sich provokativ hin als Beweis für das, was sie gesagt hatte. „Ich bin jünger. Meine Beine sind schöner geformt. Meine Brüste sind größer."

„Dein Mund ist größer", entgegnete Deirdre und war unbeeindruckt von Hels Versuch, sie zu reizen. „Kein Mann mag eine Frau mit einer zänkischen Zunge."

Hel runzelte die Stirn. Dann leuchteten ihre Augen wieder auf. „Also in Ordnung. Ich kämpfe mit dir um ihn."

„Mit mir kämpfen?"

„Die Gewinnerin heiratet den Normannen."

Deirdre biss sich auf ihre Lippe und dachte ernsthaft über die Herausforderung nach. Die Chancen, Hel zu besiegen waren gut, weil sie viel kontrollierter kämpfte als ihre jähzornige Schwester. Und Deirdre hatte keine Lust mehr auf Hels Torheiten und war bereit die Herausforderung sofort anzunehmen und die Sache ein für alle Mal beizulegen. Fast.

Aber auf dem Hügel waren immer noch Spione, mit denen sie sich befassen musste. Und wenn sie sich nicht irrte, eilte Miriel gerade über die Wiese direkt auf sie zu.

„Pssst", zischte Deirdre, „Miriel kommt. Wir sprechen nicht mehr darüber." Deirdre drückte das Wasser aus ihrem Haar. „Die Normannen sollten in ein oder zwei Tagen ankommen. Ich treffe meine Entscheidung bis heute Abend. In der Zwischenzeit halte Miriel hier auf. Ich muss mich um etwas kümmern."

„Die Männer auf dem Hügel?"

Deirdre blinzelte. „Du weißt es?“

Süffisant hob Hel eine Augenbraue. „Wie könnte ich das nicht? Ihr Sabbern würde die Toten zum Leben erwecken. Bist du sicher, dass du keine Hilfe brauchst?“

„Es können nicht mehr als zwei oder drei sein.“

„Zwei. Und sie sind sehr abgelenkt.“

„Gut. Sieh zu, dass sie so bleiben.“

„Der Herr sei gelobt“, sagte Colin leise, „hier kommt die dritte.“ Er nickte in Richtung einer zarten, dunkelhaarigen Gestalt, die über eine abschüssige Wiese zum Teich hinunterlief, wobei sie sich auf dem Weg dahin ihrer Kleidung entledigte. „Oh Gott, sie ist aber eine Hübsche: süß und klein wie eine saftige kleine Kirsche.“

Pagan hatte vermutet, dass der letzten Schwester vielleicht ein Körperteil, einige Zähne oder ihr Verstand fehlen könnte. Aber obwohl sie zarter und weniger imposant als ihre kurvigen Schwestern aussah, besaß auch sie einen Körper, der eine Göttin beschämt hätte. Er konnte nur verwundert den Kopf schütteln.

„Heilige Maria, Pagan“, sagte Colin mit einem Seufzer, als das dritte Mädchen in den Teich sprang und sie zusammen mit dem Wasser spritzten wie sich vergnügende Sirenen. „Welchen Arsch habt Ihr geküsst? Den des Königs persönlich?“

Pagan runzelte die Stirn und bog einen Zweig des Heidekrauts zwischen seinen Fingern. Was *hatte* er getan, dass er es verdiente, sich eine dieser Schönheiten auszusuchen? Aye, er hatte David mehrere Male in Schlachten gedient, aber er hatte den König in Schottland nur einmal bei Moray getroffen. Scheinbar konnte David ihn recht gut leiden und Pagan hatte an jenem Tag einige der Männer des Königs vor dem Hinterhalt der Rebellen gerettet. Aber das war sicherlich nicht mehr, als jeder Hauptmann getan hätte.

„Warum sollte David einen solchen Preis verschenken?", überlegte er laut. „Und warum an mich?"

Colin schmunzelte amüsiert. „Komm schon, Pagan, seid Ihr so wenig an Glück gewöhnt, dass Ihr es wegwerfen würdet, wenn es in Euren Schoß fällt?"

„Irgendetwas stimmt nicht."

„Aye, irgendetwas stimmt nicht", sagte Colin und wandte seine Aufmerksamkeit endlich weg von den drei Mädchen, um sich auf Pagan zu konzentrieren. „Du hast den Verstand verloren."

„Habe ich das? Oder habe ich Recht zu glauben, dass in diesem Garten eine Schlange sein könnte?"

Verrucht kniff Colin die Augen zusammen. „Die einzige Schlange ist die, die sich unter Eurem Schwertgurt windet, Pagan."

Vielleicht hatte Colin Recht. Es war schwer, vernünftig zu denken, wenn seine Unterhosen zum Zerreißen gespannt waren. „Erzähle mir noch einmal, was genau Boniface gesagt hat?"

Pagan ritt niemals blind auf das Schlachtfeld. Das hatte ihn in vielen Dutzend Kriegen am Leben erhalten. Zwei Tage zuvor hatte er Boniface, seinen getreuen Knappen als Jongleur verkleidet vorausgeschickt, um so viel wie möglich über Rivenloch zu erfahren. Boniface hatte ihn über die Absicht der Töchter informiert, dass sie an diesem Morgen im Teich baden wollten.

Colin rieb sich nachdenklich das Kinn und erzählte, was der Knappe berichtet hatte. „Er erzählte, dass der Lord den Verstand verloren hatte. Er habe eine Schwäche für das Würfelspiel, würde hoch wetten und oft verlieren. Und aye", schien er sich plötzlich zu erinnern, „er sagte, dass der alte Mann keinen Verwalter hat. Scheinbar hat er vor, die Burg an seine älteste Tochter zu vererben."

„Seine *Tochter*?" Das war Pagan neu.

Colin zuckte mit den Schultern. „Sie sind Schotten", sagte er, als wenn das alles erklären würde.

Pagan runzelte nachdenklich die Stirn. „Wenn Stephen Anspruch auf den englischen Thron erhebt, braucht König David starke Armeen in den Grenzgebieten", überlegte er, „und keine *Weiber*."

Colin schnippte mit den Fingern. „Das war also der Grund. Wer könnte Rivenloch besser befehligen als der berühmte Sir Pagan? Es ist weithin bekannt, dass es keine Besseren als die Cameliard Ritter gibt." Colin wandte sich um und wollte gerne wieder spionieren.

Im Teich unten schüttelte das vollbusige Weib spielerisch ihren Kopf, spritzte ihre kichernde Schwester nass und wackelte mit ihren schweren Brüsten auf eine Art und Weise, die Pagan sofort eisenhart werden ließ. Neben ihm stöhnte Colin, aber er wusste nicht, ob es vor Glück oder Schmerz war.

Als ihm die Bedeutung des Stöhnens bewusst wurde, knuffte Pagan an ihn an der Schulter.

„Wofür war das denn?", zischte Colin.

„Das ist dafür, dass Ihr nach meiner Braut gegiert habt."

„Welches ist Eure Braut?"

Sie wandten beide ihre Blicke wieder auf den Teich.

Pagan würde für immer entsetzt darüber sein, wie sein kriegerischer Instinkt in jenem Augenblick ausgesetzt hatte. Aber als er die leisen Schritte hinter sich hörte, war es schon zu spät, irgendetwas zu unternehmen. Colin hatte überhaupt nichts gehört. Er war zu sehr mit dem Fest für seine Augen beschäftigt.

„Wartet. Ich sehe jetzt nur zwei. Wo ist die Blonde?"

Hinter ihm sagte eine weibliche Stimme deutlich: „Hier."

ÜBER GLYNNIS CAMPBELL

Ich bin eine USA Today Bestsellerautorin von verwegenen, abenteuerlichen, spannenden, historischen Liebesromanen mit über einem halben Dutzend preisgekrönter Bücher, die bereits in sechs Sprachen übersetzt wurden.

Aber bevor ich die Rolle der mittelalterlichen Heiratsvermittlerin übernahm, habe ich in der Mädchen-Band, „The Pinups", auf CBS Records gesungen und meine Stimme den MTV-Animationsserien „The Maxx", „Blizzard's Diablo" und den Starcraft-Videospielen und Star Wars-Hörbüchern geliehen.

Ich bin mit einem Rockstar verheiratet (wenn Sie wissen möchten, mit wem, kontaktieren Sie mich) und habe zwei Kinder. Ich schreibe am Liebsten auf Kreuzfahrtschiffen, in schottischen Schlössern, im Tourbus meines Mannes und zuhause in meinem sonnigen Garten in Südkalifornien.

Ich nehme meine LeserInnen gern mit an Orte, wo kühne Helden liebenswerte Fehler haben und die Frauen stärker sind als sie aussehen, wo das Land üppig und wild ist und Ritterlichkeit an der Tagesordnung ist.

Ich freue mich immer wieder, von meinen LeserInnen zu hören. Schicken Sie mir daher gern eine E-Mail an glynnis@glynnis.net. Und falls sie ein Super-Fan sind und Teil meines inneren Kreises werden wollen, melden Sie sich an, um ein Mitglied des Glynnis Campbell Leser-Clans auf Facebook zu werden. Dort können Sie hinter die Szenen blicken, erhalten Vorschauen auf noch nicht erschienene Bücher und besondere Überraschungen!